作家精选
必读的精品散文
策划

为什么可可西里没有琴声

可可西里没有超乎现实的浪漫。他想给远方的姑娘写封信，可惜没有邮递员来传情。

王宗仁◎著

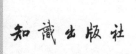

知识出版社

图书在版编目(CIP)数据

为什么可可西里没有琴声/王宗仁著. —北京:知识出版社,
2011.11

ISBN 978 - 7 - 5015 - 6323 - 4

Ⅰ.①为… Ⅱ.①王… Ⅲ.①散文集—中国—当代
Ⅳ.①I267

中国版本图书馆 CIP 数据核字(2011)第 220399 号

策　　划　刘　嘉
策划编辑　马　强
责任编辑　张　磐
责任印制　李宝丰
封面设计　晴晨工作室

知识出版社出版发行
地　　址　北京市西城区阜成门北大街 17 号
邮政编码　100037
电　　话　010 - 88390732
网　　址　http://www.ecph.com.cn
印　刷　厂　三河市兴达印务有限公司
开　　本　1/16
印　　张　12.5
字　　数　180 千字
印　　次　2011 年 11 月第 1 版　2024 年 6 月第 3 次印刷

ISBN 978 - 7 - 5015 - 6323 - 4　定价:58.00 元
本书如有印装质量问题,可与出版社联系调换。

目 录

第四辑　雪里红梅

为什么可可西里没有琴声

第一辑
月照军营

望柳庄

　　我常常觉得在我的生命深处，有一些什么东西在荒芜地漂流，使我无法平静。怀念或是感动或是遗憾？

　　昨天的叶子没有枯萎。

　　此刻，2004 年早春的这个早晨。昨晚一场雪使昆仑山的天地变得很完整。但是即使到了白天，山下的格尔木也像睡着了。春天的寒风挤满窗棂，窗外稍远一点的地方，那棵柳树正在费力地摇动，分明想摆脱大风的束缚。可是不能。

　　这样的时刻，我在稿纸上写下三个字：

　　望柳庄。

　　它有一段埋藏得很深的秘密。关于春天的秘密——一位将军在飞雪的戈壁滩播种春天的故事。

　　有山脊却看不见山，有村庄却不住人。只有这片柳树年年月月像遗忘了季节似的迎着风沙摇晃卷曲，枝条交错成各种形状。即使这样，它依然寂寞。

　　这时，一位中年军官来到柳树前，望着树枝许久，自言自语地说了一句话：我真恨不得割下耳朵，挂在柳树的肩膀上，让它听听有多少人编写了多少赞美它和它的主人的故事。

　　这个军官就是我。

　　我北京的书房就叫望柳庄。这个名字常常使我想起从前，想起从前我就觉得吃苦是一件很愉快的事。

可是，格尔木的望柳庄依然很寂寞。

不少人都是通过我的笔端知道了格尔木城里这个望柳庄。然而，谁能想到那时候格尔木根本算不上城，格尔木就有个望柳庄。望柳庄就住着将军和一伙修路的兵。

格尔木是修筑青藏公路大军在昆仑山下的第一个落脚点。从那时起，这儿就叫望柳庄。后来，望柳庄就成了修路的大本营。再后来，公路跨上世界屋脊，望柳庄所在地格尔木就成为内地进入西藏的咽喉。如今的格尔木是青海省第二大城市，青藏高原的名城，是国家命名的"中国优秀旅游城市"。

可是，谁人知道格尔木起始于望柳庄？又有几人知道是谁在望柳庄前栽下了第一棵柳树？

50年前的那个初春，昆仑莽原上仍然是弥漫的风沙卷着雪粒、石子在狂吼。世界浑沌一片。春天在何处？

这时，一位老军人攥着一棵柳树在敲格尔木冬眠的门：醒来吧，我要给你换新衣！

说毕，他挥镐挖土，栽下了第一棵柳树。

这不是一棵孤零零的树。这片世界从这儿开始，跟来了一大队树的队伍，一棵挨一棵地跟着这棵树排起了队。

这个老军人就是慕生忠将军。其实他并不老，44岁能算老吗？

格尔木的树来自湟水河畔。

修路队伍离开西宁途经日月山下的湟源县城时，慕生忠让汽车停在一片苗圃前，两只眼睛死死地盯着那些刚刚冒出嫩芽的苗苗不放。许久，他对管树苗的人说：买100棵。随行人员不解，问：政委，咱只管修路，买树苗做啥？

慕生忠时为中共西藏工委组织部长兼运输总队政治委员。修青藏公路了，他又成了总指挥。大家一直习惯叫他政委。

慕生忠听了这问话，瞪了那人一眼：你说做啥？扎根安家嘛。我们是第一代格尔木人，格尔木是先有人还是先有树？不，人和树一起扎根，这根才扎得牢靠！

格尔木，一片荒野，风沙怒吼。

一个惊呼上当的小伙子问慕生忠：我们要做第一代格尔木人，可是格尔木在哪里呢？

小伙子还没把话说完，一阵风沙就把他吹了个趔趄。慕生忠说：年轻人，告诉你，我们的帐篷扎在哪里，哪里就是格尔木！

说着，他一锹铲下去，沙地上就铲出了个盆状的坑坑。格尔木的第一棵柳树就栽在这坑里。

100棵杨柳苗，都栽在了刚刚撑起的帐篷周围。一共两大片，杨柳分栽。第二年，这些小苗大都落地生根，绿茵茵的叶芽把戈壁滩染得翠翠的叫人看着眼馋。它们一路狂奔的长势，一天一个样儿地蹿长着。给它喝一盆水它长个头，给它喂一把肥它也添叶。

看把将军喜的，他像大家伙一样咧着金豆牙笑得好美。快乐的老人，他当下就给两片树林分别命名："望柳庄"和"成荫树"。

有人问：政委，你这名字有啥讲究？

他哈哈一笑：望柳成荫嘛！

看，他还是钟情望柳庄。

将军的笑声揉进了柳的躯体里，树又蹿了一节个头。

广漠的戈壁滩荒芜了数千年，现在猛乍乍地生出了这两片绿茵，自然很惹眼，也醉人。毕竟是柔弱苗，难与漠风对峙。常年的飞沙把它浸染得与沙地成为一色，人站在远处就难以瞅见，有时它索性就被那气势汹汹的褐石色盖住，淹没了。

好在，它不服，顶破沙土，又伸起了腰杆。

它的根茎部连着一片阳光。

我第一次看到望柳庄的情景至今难忘。那是令我失望的一次发现。当然失望之后我滋生了更强更多的企盼。这片柳林活得很艰难也很缠绵。

那天午后，我从拉萨执勤回到格尔木，车子刚行驶到转盘路口就抛锚了。其实这地方离我们军营顶多一公里路，可是车子耍起了脾气卧下不动，我也不能回部队只好陪着它。当时风沙很大，迎面扑来，人连眼睛都睁不开。助手昝义成回军营取所换的零件了。

风沙越来越大，我无法承受它的无情撕打，便顺势走向路口的一排平房，站在了房檐下。风沙果然小了，身上也暖和了许多。这时我举目一看，门楣的三块方砖上刻着三个字：望柳庄。字用红漆涂过，格外醒目。我的心一下子滋润了，好像在风沙世界里望见了一片翠绿的草地。

也就在这时候，我才发现平房前的沙滩上横七竖八地半躺半立着一棵棵树苗。这就是将军带领大家栽的那些柳树，有的已经被沙土埋得不见真面目了。可是，不知为什么在我的感觉里，它们仍然是亭亭站立的硬汉子。

望柳庄前的树站在冬风和春风之间。它们要告别寒冬实在不容易，要把春天迎来的路途也很艰难。然而，大海不会老去。望柳庄前怎能没有柳树？

后来，我才知道这三个字是慕生忠将军亲笔题写。

我长久地不错眼珠地望着这三个字。高架桥点亮了星河之灯，昆仑山的世界突然变得亲切。我的眼前仿佛开满了鲜花。

风沙还是那么大。

可它绝对吹不落我心中这片春天的世界。

这就是我第一次看到望柳庄的前前后后。好些天后，战友们告诉我，次日清晨，当风沙停止以后，慕生忠带着同志们把那些倒地的柳树苗一棵一棵都扶了起来，培好土。他边收拾这残局边对大家说：吹倒一次，咱扶起它一次。吹倒一百次，咱扶它一百次。直到它可以结结实实站在沙滩上为止。

柳树是远方来的移民，在将军爱抚的目光里它忘了惆怅和家乡，克服了水土不服的娇气，格尔木成为它的第二故乡。

瀚海孤树，林中一木。

有几棵树只绿了短暂的生命，就消失在戈壁滩。

它们死了。

这似乎是预料中的事，但人们还是觉得太突然。

它们没有来得及留下遗言……

又是一个烈日暴晒着戈壁滩的午后。我出车归来，路过望柳庄。我有意停下车，要看看那三个字：望柳庄。这已经成为我的习惯了，每次从雪线上回到格尔木，必然在望柳庄前停一下，这样我的灵魂就得到了自由，就有一种从黄昏走进晨曦的美好感觉。

可是这一次破例了，一片隐晦落在我心头。

我看到望柳庄前不远的戈壁滩上，一群人围着一堆土丘，默默静立，一个个低着脑袋，空气好像凝固了一样。

我上前打问，竟然没人理睬我。几缕阳光从云头上泻下，照射在土丘上，很有几分燥热。不过我很快就看出来了，那土丘是一个坟堆。

埋的什么人？

我又向一个人打问，他仍然不理睬我。我好生奇怪。便加入到他们的行列，一起默然地站立着，心中的疑团越挽越大。

弄清真相是后来的事。原来在头天，望柳庄前有三棵柳树死了。当然不是无缘无故死去的。这地方缺水、少氧、干旱、寒冷，其中哪一样都会把这些移栽而来的幼苗置于死地。戈壁滩的树，活下来的是强者，死去的也绝不能说是孬种。

骆驼驮着夕阳走在不归的路上。

慕生忠把三棵死去的柳树掂在手中，端详几番又几番，仿佛永远也看不够。末了，他说："它毕竟为咱格尔木绿了一回，让我们这些饥渴的眼睛得到了安慰，是有功之臣。现在它走了，我们难受，怀念它是合情合理的。不要把它随便扔在什么地方，应该埋在沙滩上，还要举行个葬礼。"

于是就出现了这个土丘。独特的柳树墓。

戈壁滩上第一个醒来的人是寂寞的人；第一棵死去的树呢？人们却没有遗忘它。

常有格尔木人给那土丘浇水。其实浇水的人想法很简单，这些树也像人一样，躺在戈壁滩会口干舌燥。浇一瓢水，让它们滋润滋润。树要喝水，就得有人递给它。

谁也没有想到的事发生了。人们有心无意浇的水，唤醒了死去的柳树。到了第二年夏天，土丘上冒出了一瓣嫩芽儿。那芽儿一天一个样，由小变大，由低变高。

啊，柳树！

这是从埋葬着三棵树的坟墓上长出的柳，是一棵死而复生的柳，是将军用怜悯的心唤醒的柳！

后来，人们就把这棵柳称为墓柳。

经过了一次死亡的墓柳，活得更潇洒更坚强了。青铁的叶子泛着刚气，粗褐的枝干储存着力量。大风刮来它不弯腰，飞沙扑面它不后退，寒冬腊月它依然挺立。死里逃生的战士最显本色，最珍惜生命。

墓柳接受过无数路人投来的目光，这目光多是赞许，也有不以为然的嘲讽。嘲讽什么？嘲它孤独？讽它清高？不得而知。它继续着它的轨迹活着，藐视一切懦弱者地活着。

时间年年月月地消逝着。望柳庄前的柳树种得越来越多，树片越来越大。它们和墓柳连在了一起，混为一体。已经分不清哪棵是墓柳了。

在望柳庄生命的进程中，这肯定是个生辉发光的日子。那是青藏公路通车到拉萨后不久，彭德怀元帅来到格尔木，就住在望柳庄。彭老总的名字在青藏线上被人们神话般地传颂着，这当然与慕生忠将军有关，与修青藏公路有关。当初，国家没有把修青藏公路纳入当年计划。慕生忠修路时遇到了财力人力的困难，他便找到了老首长、时任国防部长的彭德怀。彭老总刚出国抗美援朝回来，他对慕生忠说，我回国脚跟还没站稳，手头没钱。这样吧，我把你的修路报告递转给周总理，让他解决你的问题。就这样慕生忠得到 30 万元的经费。彭老总还给慕生忠调来了 10 辆大卡车和 10 个工兵、1200 把镐、1200 把锹、3000 包炸药，才使修路工程开展起来。

现在，彭老总来到了格尔木，他不住那座专为他修的二层小楼，却和慕生忠一起住进了望柳庄中延安式的砖拱窑洞里。将帅的心相通。这一夜，美酒和春宵……

柳树的枝儿碰醒了杨树的梦。

彭老总：你们干了一件很了不起的大事，在柴达木的戈壁滩上建起了一座新城。这个地方是大有希望的。

慕生忠：没有彭总你的支持，我是不行的。大树底下好乘凉，格尔木人都感谢老总。

说话间，彭老总让人拿出一瓶好酒，对慕生忠说：人生做事就要有你们把公路修到拉萨的这股劲。猫在屋里不出门是干不成大事的。来，今天我敬你一杯。

人称慕生忠为"酒司令"、"昆仑酒神"。他浑身豪气，一腔爽笑，以至他的粗暴过失，都带着酒的精神。难怪人说这 4 千里青藏公路是他用酒打通的。

彭老总敬酒，这是慕生忠没有想到的。他端起酒杯，连干三杯。还要继续喝时，彭老总把酒瓶拿开了，说：

"你这酒鬼，再喝就醉了。我不想让你喝醉，还要你干事。"

慕生忠说："谢谢彭总，我已经喝好了。你有什么任务就下达吧。"

彭总走到墙上挂的中国地图前，右手从西北甘肃敦煌方向往西南角上一划，说："这一带还是交通空白，从长远看，是需要修一条路！"

还是慕生忠在北京请求修筑青藏公路时，彭老总就提到要修格尔木到敦煌的公路。慕生忠照办了，在青藏公路修到可可西里时，他就派工程队修通了格敦公路。现在，彭老总又提起了这件事，慕生忠如实地告诉彭老总：

"我们已经在格尔木到敦煌之间修起了一条简易公路，下一步我们把它修成一条正式公路。"

彭老总高兴了，又端起酒杯，说："再敬你一杯。"

这一杯下肚，慕生忠真的醉了……

彭老总来到格尔木的第二天，就离开望柳庄，在慕生忠的陪同下，乘车南行踏上了青藏公路，一直上到海拔4600多米的昆仑山口。车过纳赤台养路段，彭老总在昆仑泉边遇到一个大约四五岁的小孩，他把孩子抱起高高举过头顶，满含希望地说，你是昆仑山的第一代儿童，你的名字就叫社会主义吧！

慕生忠听了彭老总的这话，勾起了他深切的回忆。5年前就是在这个昆仑泉边，修路大军被阻挡……

彭总见慕生忠走了神，就戏说他：

"你是不是又在想把这昆仑泉水变成酒潭才好！"

"没有。我是想那年修路到了离这儿不远的地方，昆仑河真够难为我们了，为了架起青藏公路上的这第一座桥，我们想了多少办法，付出了多少代价！桥架起后我们把这桥叫天涯桥。那真是天之涯、海之角啊！不久，陈毅元帅进藏路过昆仑河，是他把天涯桥改名为昆仑桥。这名字改得好！"

彭老总说，他是个诗人，我们这大老粗肚里可没这么多墨水。

当夜，二位将帅返回格尔木，仍然投宿望柳庄。他们肯定又推心置腹谈了许多，这是私房话，别人无法知晓。但是，有一点传出来了。慕生忠对彭老总说，谁都有见马克思的那一天，他说自己百年之后，就安葬在格尔木，这样能天天望见昆仑山。他这一辈子什么都可以舍弃，就是离不开格尔木，离不开昆仑山。彭总听了，爽声一笑，说，你这个慕生忠，想那么远干啥？好好活着，把格尔木建设成柴达木的大花园，好好活着！

慕生忠生命的进程严格地按照他的设计完成。

1994年10月18日，84岁的慕生忠将军在兰州与世长辞。10月28日，将军的9位子女护送着他的骨灰，踏上了昆仑山的土地。在昆仑桥上，二儿子把将军的遗像安放在桥头，大儿子从车上拿出两瓶平时老人最爱喝的皇台酒，启开瓶盖，面对昆仑山，双手恭恭敬敬地把酒瓶举在头顶，说：

"爸爸，你在世时，为了你的身体，每次你喝酒时，妈妈总是背着您在酒里掺矿泉水，请您原谅。爸爸，今天您回来了，您就喝喝这淳香的家乡酒，敞开喝吧……"

昆仑桥在颤抖，昆仑河在抽泣。

随着将军的骨灰洒向高天，昆仑山忽然飞起了漫天的雪花，天地皆白！

此刻，复盖着积雪的望柳庄格外庄严，神圣……

2005 年 4 月于望柳庄

第一辑 月照军营

二道沟的月亮滩

我常常记着二道沟那个地方。那里没设村也没建镇，只是长江源头的一片荒野。但是二道沟住着三户人家：10个战士的兵站，5个养路工人的道班，还有一户游牧而来的藏民。二道沟的寒冷是出了名的，隆冬的最低气温可到零下32度。可是在最冷的季节我把它揣在怀里，会一直走进唐古拉山的最深处。那是因为二道沟有一个美丽的故事，战士是故事的主人公，还与泉水和月亮有关。

那已经是很久以前的事了。追歼残余土匪的一名解放军战士，跋涉至二道沟时，饥渴难耐，求助无门，便爬到一眼泉水边痛饮不止。他极度疲累，浑身乏力，正饮水时一头栽进泉里就再没起来。数天后战友和牧人们发现时，他的身体已经与泉水冻结为一体，唯两条腿直挺挺地露在冰面上，好像路标矗立荒原。这路标给跋涉者召示方位，输送力量。

军民含泪撩起清沏的泉水给这位无名无姓无籍贯的战士洗涤遗体，然后就地掩埋。墓地距泉边百十米，一块木板做墓碑，上写"神泉之墓"。"神泉"既是对无名墓的尊贵，又对泉水寄托了深情。

从此，二道沟就有了一眼神泉。说它神，是因为有人亲眼所见，一天夜里一轮金黄金黄的圆月从泉里升起，将月辉洒遍二道沟。拂晓，人们又眼睁睁地看着那月亮坠入泉底，消失了。传说归传说，但二道沟的泉月值得观赏品味，吸引了不少游人，这是不争的事实。

到二道沟赏月，是我向往已久的心愿。我虽然数十次跋涉世界屋脊，但是每次到二道沟都是飞车而过，留下了深深的遗憾。前年夏日的一夜，我在去拉萨的途中特地投宿二道沟，为的是赏月，也是为缅怀那位葬身神泉旁的无名战友。让那泉中月色醉我心扉，让那亡友的情怀壮我筋骨。

这夜留在二道沟赏月的游人，少说也有二三十个，他们都像我一样，在未看到泉月之前，心里已经揣上了那个美丽的传说。

月亮还没有爬上山垭。

旷野的夜，俱黑如漆。整个青藏高原被静谧和神秘笼罩着。惟点缀在黑绒般夜幕上的星花，闪闪烁烁，伸手可得。使人觉得它们仿佛就在地上，天地浑然一体了。这夜，月亮在十点钟后才能从山巅升起，爬进神泉。可是游人们都等不及了，早早地站在泉边等候。好像那月儿隐藏在泉水中，巴不得用双手把它捞起来。

夜，寂静如海底。偶尔从青藏公路上驶过一辆汽车，连那轮胎擦地的声响都听得一清二楚。汽车渐渐远去，夜显得更幽静。

月亮是在一瞬间出现在泉中的。不知是哪位女高音喊道："来了！来了！月亮回来了！"可不是回来了？月亮每晚都卧进这泉里过夜。不管它走得多远，就是到了地球那边，不管它走得多远，还是会回来的。神泉是它的家呀！

天黑得看不见赏月人脸上的表情，但是从现场悄然肃穆的气氛里可以想象得出，每个人的眼睛肯定瞪得像小雀蛋那么大。像我一样凝全力倾尽其情看泉水中的月亮：那月亮绝对不是淹没在泉底，而是游离于水中，凸现于水面。水只是个载体，它像生着腿似的站在水上。绵绵的满是柔意，鲜鲜的如蛋黄脆嫩。我甚至透过月亮看到了泉底那颗颗圆润的鹅卵石。月亮还在移动着，朝上移动，离我们越来越近，连月中飞舞着的嫦娥都看得那么真切。往日我们抬头望月，总觉得天是那么高远，月是那么可望而不可及。眼下月亮分明就被我们抱在怀中，举手能触摸，甚至张口就能咬下一块月片。

就在这当儿，又有人喊道：快来！快来！这里遍地都是月亮！

我寻声而去，兵站后面的荒滩上已经拥了不少人，都在赏月。原来兵们平日在滩上挖下一排排坑，草皮碎石粘砌，固若水泥。然后将这些坑糖葫芦似的串起来，引来泉水。在月照高原的夜里，每个水坑里都装着一个月亮。有多少坑就会有多少月亮，这荒滩也就取名月亮滩了。

我问一兵：荒郊野地的二道沟，为何要引来这多月亮？兵答：那位无名的战友躺在神泉下已经 30 多年了，一定很寂寞。有这么多的月亮陪他，他才能感受到人世间的温暖！

我许久无语，只是看着水面上那显得越来越大的月亮，心情很沉重……

太阳很红，战友倒在雪山上

这是春天一个懒洋洋的中午，静坐树梢的山风纹丝不动。不少人都没有午休，在京城西郊一片松林中毫无目的地散步。我也走在其中。几乎每个人手里都攥着个小收音机，在阳光与阴影的间隙无声地穿行，收听着一个沉重的消息。留在石子路上的脚印，很快就被投射下来的阳光抹平。

我走出松林，站在一个土坎上，捻小了收音机的音量，四处张望，寻找。望什么，找什么，我也不知道——

几片本该在冬季落下来的树叶忘在了树上；

一栋栋新耸起的高楼窗玻璃上软软地贴着明丽的阳光；

蜷缩在墙头的小鸟有气无力地叫着，嘴里咀嚼着阳光碎片。

……

满世界都是阳光。突然拂来一阵微风，把天地间的阳光绕成了线团。

所有这些看似的轻松都被人们那越来越沉重的脚步，踩踏得一点儿也不轻松了。

此刻，伊拉克战争正亲吻着和平。

人们为什么心不在焉在散步？明丽的阳光为什么变得压抑？我在这宁静的京城寻找什么？

答案全有了。

远处，一个高高的烟囱正源源不断地吐着滚滚浓烟。这使我不得不怀疑，狂风暴雨走过以后，这儿的天会是蔚蓝的。

我自然而然地想起了昨天的那个故事，那是一摊鲜红的血。那摊血肯定比眼下的阳光还壮美，因为它上面颤动着一个兵的生命。

他比我年轻，他却成了被人们称为先烈的上一辈人；如今我已经老了，他还是 18 岁，永远的 18 岁。

我说的是我的战友王治江。

这个时代，每天都会碰上让人费解的怪事：一列火车正载着非典型肺炎驶向北京；一直被大家看好的老萨几乎没放一枪一炮就和共和国卫队蒸发了；强盗穿着警服带着警犬大白天入室抢劫。不管奇事有几多，这一点我任何时候都不怀疑：战争阉割了和平，握屠刀的人的手也肯定会化脓。我理所当然地诅咒战争。当王治江死在和平的日子里时，我又明白了另一个道理：阳光里也有枪声。但是，不是死在战争中的人是不能称烈士的，通常的叫法是因事故而亡。

王治江很冤。

他躺在青藏公路下的冻土地上长眠不醒已经 45 年了。他的伤势很疼痛，他的灵魂很寂寞，他的心里很委屈。但是，他不会孤单，因为他的身边躺着不少伙伴。据说，青藏公路平均每一公里路基下就掩埋着一个先烈的遗骨，他们是曾经修路、护路的工人和执勤的战士。这就是说，两千公里的公路线是用 2000 多名先烈的遗骨托起的。汽车的轮子每向前滚动一步都是碾在烈士的肉体上。当然包括王治江。

孙子兵法演绎得很纯熟的国度，只拥有昨天的战争吗？也许硝烟暂时逝去，两军对垒的战场也没有了。可是枪声依然不时地响起。那 2000 多名先烈就是在和平年代献出生命的。

阳光里的枪声，不见硝烟的死亡。

45 年，包括我在内的这一代人真的已经老了，一切都变得成熟。但是，王治江倒下的地方那摊鲜血永远是那么清新、鲜亮。那个清晨一直到那个傍晚，那鲜血装点着青藏的山水。山水更好看。

我需要一片安静的草地，铺开广阔的回忆……

这是自从我上高原后遇到的最冷的天气，干冷干冷，把人的头发冻得都要在帽子里立起来了。就这种莫名其妙的感觉。头天夜里巴颜喀拉山落的那场雪没有带来丝毫的湿润。

太阳很红，但是它似乎不散发热量，倒像刚从冰窖里捞出来的一块冰坨。

王治江就是在这个早晨怀着对这个冰坨的诧异离开我们的。后来我始终认为这是个不祥之兆。我们的车队上路之前，治江对我说：今天这太阳半死不活的样子，好像随时要爆炸。我听了一笑了之，心想，既然半死不活，怎么会爆炸？笑话！

他就是在讲了这句话之后不到一个小时遇难。我恨死了那个报丧的太阳。

记得我们的车队驶过野牛沟不久，一个骑着枣红色大马的像猎人一样的藏胞，拦住车队给我们报信。他说有一股残匪一小时前窝藏在了前面的寺庙，他们穷凶极恶，刚扫荡了一个牧村，很可能还要抢劫我们车上运载的物资。

那个年代，青藏地区解放不久，时有匪徒窜出来骚扰，并不是什么意外的事。这小股残匪的出没虽没有让我们草木皆兵，却使大家有了警惕。连长下令，全连所有的车在经过寺庙时，拉开车距，高速前进。万一哪辆车被匪徒拦劫，其他车不必停驶照管，由连长坐的最后一辆车对付、收容。

连长的话很简洁，就这么几句。我们听得出来，这是战前动员。

王治江的死一辈子都戳得我心肝疼。

刽子手在大白天操起屠刀杀人。我们的一辆汽车被匪徒烧毁，地点恰恰在那个寺庙前。驾驶员和助手一伤一亡。亡者就是王治江。

事后，我们分析了这辆车被毁的经过：毫无疑问，由于驾驶员的惊恐，或车速缓慢或车子抛锚，才让匪徒有了下手的机会。当然也不排除另外一种可能，匪徒设了路障，这辆车落入陷阱……总之，王治江死了！

收拾他的尸体是在我们完成任务回来以后。当天傍晚我们就回到了王治江殉职的现场。

他车上的物资被哄抢得七零八散，特别是那些各种肉罐头，由于匪徒们不懂得如何开启，多数都被摔烂或踩踏瘪了，奇形怪状，满地狼藉。汽车的引擎盖变得坑坑洼洼，两个车灯被砸烂了——他们以为灯是汽车的眼睛，眼睛瞎了，车就无法走动了。

王治江躺在离汽车百米远的山坡下一个低凹处，呼吸早已停止了，双手仍然紧紧握着木把冲锋枪。他身上多处负伤，地上凝固着斑斑血迹。惟胸部一处还不时地向外浸着血滴，那也许是他心脏里的血吧……

现场的迹象表明，当时治江是与匪徒进行了最后的顽强抵抗。但是寡不敌众，数十个匪徒他无论如何是对付不了的。

战友们围着王治江的遗体，默不作声，只是悄悄地抹着眼泪。

这时，天空扬扬洒洒地飘起了雪花。治江静静地躺在铺着枯草的地上，雪花不断地落在他身上。奇怪的是那些雪花飘到他身上立马就融化了，且不留一点水迹。这使人想到他的身体还是热的，甚至想到他并没有死去，脉搏仍然在跳动。数十年后，我常常回忆起当时的情景，我假设，如果有今天这样的医疗条件，退一步说，当时有医生在场，说不定治江还有被救活的可能。

接近冬日，便可以缩短春天的距离。一种美好的愿望使我常常遐想治江应该活着。但是他毕竟在巴颜喀拉山走完了自己的人生之旅。然而，我们不能不承认这样一个事实：由于受到各种局限（尤其是那个年代），我们本该做成的不少事情却不能做成。我这样说自然不仅仅指对王治江的拯救了。

我们在王治江身边静静地站了一会儿后，一个人突然蹲下身子，抓起治江的头发，扯着长长的哭声喊道："治江，你醒醒，你看大家都看你来了！全是你你很熟悉的战友，你醒醒吧！"他喊着，嚎啕大哭，分明是一定要把治江唤醒才罢休。

这个人就是我们的连长。

随之，大家都跟随着连长跪在治江的身边，哭唤着这位战友，并抓扯着他的头发——这是当时束手无策的我们认为能在最后的时刻救他的唯一办法。很快治江的头发就被抓得乱蓬蓬的，还抓掉了不少。救战友心切的我们！无能为力的我们！

王治江始终没有睁开眼睛看我们一眼，他就这样长眠在雪山下了。连长脱下自己的皮大衣，给治江盖在身上，他特地用皮大衣毛茸茸的羊毛遮掩了治江那满是血迹的脸。正是这件佩戴着上尉军衔的皮大衣，给治江送去了人间的最后一丝温暖，也成了他唯一的陪葬品。

我们为王治江安排最后的归宿地。大家都很渺茫，不知道该如何处理他的遗体。他的故乡——八百里秦川的扶风县，也是我的故乡——距离青藏高原数千里，我们是没有任何力量把他运回家的；再说上级也不会允许；在部队驻地安葬他吧，说实在话，我们的部队是刚从河北秦皇岛、石家庄一带移防到甘肃，在甘肃还没站稳脚跟，又奉命上高原执勤，2000 公里的青藏公路就是我们的营地，流动营房，根本没有固定的家，如何安葬治江？真是难为了我们这些刚踏上青藏大地的战友们！剩下的选择只有一个：就地掩埋。

连长对王治江的遗体三鞠躬后，说：治江同志，我是个不称职的连长，把你一个人丢在这荒郊野外，这是没有办法的办法。你怎么骂我我也不会责怪你。安息吧，好同志！

连长在说这番话时泪流满面，泣不成声。一个 30 岁的男子汉不到伤心处，不会这样难过的。

我们将心切碎，强忍着悲痛为治江挖墓。说是墓，其实只是个坑。天寒地冻，镐头下去地上只留下个白点，握镐的虎口被震得生疼。终于挖出了个一米多深的坑，这就是我们为治江营造的最后的房子，十分简陋。没有棺材，只好用一块篷布裹着他的身体让他入土；没有哀乐，连长鸣枪三声给他送行；没有父母兄妹送行，全连同志排成整整齐齐的队列，在他坟前默哀许久。他就这样凄惨惨地永远离开了他的连队和战友，孤零零地躺在了遥远的大山里。

几小时前还活蹦乱跳的一个人，就这样从这个世界上永久地消失了，他的声音，他的相貌，还有他对世界的记忆，都消失得干干净净。人的生命为什么如此脆弱？像游丝？像气泡？像水滴？微微撞一下就没了！治江走了。就像无人知道他的存在一样，也少有人知道他的消失。他生前是默默无闻，所以他死后人们也无法看见他那盏灯。

据我所知，治江家乡的亲人一直不知道他的归宿地。组织只通知他们王治江在一次执勤中不幸身亡。到底是怎么死的，死在何处，只字未提。说起这件事来这也始终是我的一块心病，每想起来心中就涌满愧疚，对治江的愧疚，对他二老的愧疚。数十年了，别人可以忘掉治江，我却不能，说什么也不能。我们在扶风中学读书时是同年级的学友，1958年又一起走进同一座军营，而且都是汽车兵。从汽车教导营培训出来后，我们执行的第一趟任务又是编在同一个车队，踏上了同一条公路。出发的前一夜，我们在车场最后一次检查完车辆技术状况和承运物资后，一同踏着高原上淡淡的月色回宿舍，他对我说，他本来打算在出发前给妻子写封信，因为这些天手头的事情太多，抽不出空儿写，只有等跑完这趟任务再写了。我开玩笑说，带着牵挂上路也是一种动力，爱情的动力。他笑了笑没说什么。没想到这封没有写的信成了治江欠下妻子无法弥补的感情账！

王治江在巴颜喀拉殉职以后，我好几次想写信给他的父母，把治江的的安葬地告诉他家里。因为我从我家里来信中得知，治江的父母在儿子去世后很长一段时间，精神忧郁失去了控制，白天黑夜地四处乱跑，哭叫着要看到儿子。两位老人都快要急疯了，生产队没有人管，公社也不管。几个好心的邻居倒是几次到公社去找公家人，要求他们把治江的死因和墓地告诉家属。公家人都回绝了，说这是军事秘密，公社也不得而知。其实，我心里比谁都明白，这算哪号军事秘密？部队之所以捂住了王治江的死因，是因为那次的车毁人亡被定为责任事故，治江不能算烈士，他的家属也享受不到任何特别的待遇。连长还为此承担责任背了个处分。对这个莫名其妙的决定全连除连长外没有一个人服气，连长说："连队任何一个同志的伤亡都是我这个当连长的没尽到职任，我没管好弟兄们，我有罪!"大家心里清楚得很，连长说的是违心之话，他的责任也不是万能的，匪徒要烧车杀人，他管得了吗? 我几次提笔想给治江的父母写信，沉重的笔使我的手颤抖得连一个字也写不下去。我实在没有勇气给两位失去儿子的老人说明真相。我知道他们那脆弱的心理肯定无法承受这样的打击——儿子被葬于高原的山野里。在家乡人看来那是死无葬身之地呀! 我没有给治江的父母写信还有另外一层考虑：年迈的二老即使知道了儿子的葬身处，也无法来高原呀! 直到 21 世纪的今天，那个地方仍然不通火车也不通轮航，当年的交通之艰难就更是可想而知了!

我无法将王治江忘掉。他本来是朵花，只是来到世上还没有完全开放就被埋在了地下。他不会枯萎的!

20 世纪 80 年代末的一个夏天，我在身负公务去西宁的空暇，顺便拐到黄河源头，有了一次巴颜喀拉山之行。我是专门寻找王治江的。20 多年过去了，他无人知、无人管地躺在这遥远的山中，一定有许多苦衷，也憋着一肚子心里话要对人诉说。是的，我一直觉得我的这位战友加同学没有死，他只是躲在高原深处不愿见人。有什么可见的? 他总认为自己入伍后执行第一趟运输任务就出了事，心里实在有愧，无颜见江东父老。我找到他要好好安慰他一番，他太需要亲人的陪伴了。我会诚恳地告诉他，人活在世上各有各的存在价值，贡献有大有小那是正常的，生命或长或短也不是人的意志可以决定的。五个手指头伸出来还不一般齐呢! 我也会对他说，你是为了给边防运送战备物资而献身的，你的死是光荣的，虽死犹生。当然我还要告诉他这些年来他不了解的许多事情，许多变化。劝他走出巴颜喀拉山，看看外面的精彩世界。家里的老人，还有妻子，都在苦苦地等着他呢! 不，不，不能给他提家里的事，两位老人已经过世了，妻子在等了他几年后也另嫁人了。说什么也不能让他回家，那样他会很伤心的。但可以领他回连队看看，连队也是家嘛！现在连队的人员全是新面孔，他一个也不认识。可大家都知道他的名字，提起他战友们心里涌上的总是一种自豪感。原先和他一起开车的那些老战友都老了，退休了，也有的已经离开了人世。唉！人生就是这么短暂，荣辱都是瞬间的事！总之，我要把治江领出巴颜喀拉山，不能再让他一个人孤零零地躺在大山里⋯⋯

可是，我失望了，彻底失望了！

不要说当年掩埋治江的那个地方难以找到了，就连那座山坡也消失得无踪无影。只有一条平坦坦的公路从山野穿过，当年的那个地形整个不存在了。治江，你搬到哪儿安身去了？是上山了还是下山了？或是哪儿也没去，就躺在这条公路下面安息？我知道你的心事，你是汽车兵，愿意听隆隆隆的车轮声！

我惆怅无助地站在这片荒野上，空旷无一人的江河源头。我默默地、心事重重地向远方瞭望。

这时，一声车笛长鸣，一辆汽车从原先是山坡的那个地方驶过。汽车远去了，车笛声却久久不落。我想，那该是治江在说话吧！

太阳快落山了，满山遍野一片闪金闪银的耀眼红波。这使我不由得想起了那摊血，那摊跃动着生命的血。

残阳如血！

2004 年春节改于望柳庄

离春天很远的雪域有鲜花

——高原兵站的记忆

　　我完全是无意而为，才保留下了这些照片，这些在青藏公路沿线几乎每个兵站的留影。我常凝望这些照片沉思万端，心绪逆流而上，掠过曾经走过的高原山水，一年又一年，最后停留在我初上高原第一次投宿的那顶帐篷前，连同我携带的情意滞留在荒原上。卷地而来冲天而去的大风吹不散千年的苍凉。帐篷在寒风中整夜抖索。我企盼着母亲的呼唤把我带到她的黎明，可是夜色很深，母亲的语言肯定有局限性。索性我就想这样一直停留在高原茫茫的历史烟尘里……突然，我听到"嘎"的一声，时光的涟漪破裂，又把我荡离往昔，回到了今天。今天，阳光融融，蓝天灼灼，遍地开放着鲜艳的花朵。

　　回忆，永远隔着整整一个天涯。

　　我在这一摞照片中选出不同时期留下来的三张展示给大家，可以看出数十年间高原兵站的巨变。

　　第一张照片，拍摄的具体时间记不太清了，大约在 1959 年至 1961 年期间。背景：积雪的山峰，山巅有一朵寂寞的闲云。山下呈展着一片仿佛还没睡醒的草原，零零散散的牛羊在疲惫地移动着。瘦瘦的青藏公路切开草原很不情愿地伸向远方。只是远走，没有高飞。其实那朵闲云并不闲，正孕育着一场暴风雪。

　　我满脸伤感地定格在照片的右下角。不知是望着雪山还是天边，在向往什么呢？身后那顶帐篷就是兵站的客房，去年的寒风还挂在帐篷上。帐篷在风中不住地摇晃。因为是冬季，帐篷总是那么寒冷。一侧停放着我驾驶的那辆很笨重的汽车，民主德国制造的大依发牌汽车，可载重 6 吨半，二战后淘汰下来的旧车。

第二张照片，摄于 1980 年，长江源头。背景：刚刚解冻的沱沱河，水泥大桥上贴满早春的阳光。一缕炊烟升腾如线，一轮红日画地为圆。河岸上远处近处顶顶帐篷挺立，牛羊遍野，一群牛羊一群童话。我站在桥头，桥头上写着"源头第一桥"。稍远处，兵站围成"门"形的三排砖瓦平房，整齐，豁亮。风的声音很轻很轻，掠过河面，消失在兵站门前。兵站院子里汽车兵们出出进进，有的来投宿，有的赶夜出发。生命的征途上布满鲜花和荆棘。

桥边坡地，一片没有消融的残雪上几棵刚探出地面的小草，毛茸茸的鹅黄脑壳！

我静静地望着那些小草沉思。这时我才明白期待比拥有更重要！

第三张照片，摄于 2004 年夏，唐古拉山兵站。背景：兵站那拔山而起的三层楼房不甘示弱地洋溢着它的时代风采。两旁耸立着同样格式的两栋楼房，分别为通信站和输油泵站的营房。沉默千年的荒原、雪山永远不诉说，道路漫长。为唤醒它而来的三栋楼房，一字排开，豁然明亮。这是神圣的相约，步履绝不迟疑。唐古拉山的楼房，世界屋脊上千百年来独有的风景，许多进藏游客都要在楼前停留，观光，留影纪念。

围绕着三楼，在公路边形成了一个雪山小镇：饭店、旅馆、加油站、歌厅、小商摊……总有赶路人、朝圣者在小镇作短暂停留，人小憩，车加油，然后再登征程。他们把自己交给远方，不在乎山后还有另外一座山，河那边有另外一条河。只要在唐古拉山歇脚，就会有联想，也是力量。

我站在兵站大门口，坚毅的脸上充满翻山的力量。身旁的标志牌上写着：海拔 5370 米。我不需问路，也不离开，就这样静静地站着。我比标志牌高，但我不敢跟它比。就这样站着。我是如此成功地忘记了自己，只记住你：唐古拉山！

在我的作品里，有相当多的文字纪录着兵站生活，其实兵站生活从本质上讲也是汽车兵生活。因为最初青藏公路上的那二十多个兵站，就是专门为汽车兵设立的。我们这些汽车兵和兵站的关系实在太密切了，把它比作鱼水之情一点儿也不为过。兵站不仅担负着汽车兵的食宿招待任务，就连汽车的吃喝也包了。它给汽车加油加水还要保养修理，这难道不是给汽车管吃管住吗？"兵站是炎日里的遮阳伞，寒冬里的一盆火。"这是青藏诗人柳静的两句诗，当时我们在好些兵站的食堂都能看到。

直到现在，久住北京的我仍然觉得我的隔壁就是兵站，拉萨兵站、纳赤台兵站、五道梁兵站、那曲兵站……那些出出进进的人就是包括我在内的那些整日忙碌奔波的汽车兵，出了兵站门就是雪原，就是白雪覆盖着的车场、公路。兵站的同志挥手送别：战友，雪路上开车多加小心，欢迎返回时再来住站！对方回答：会的，战友！回来见！话虽这么说，可是有的出征西去的汽车兵一去就再也回不来了。刚通车的青藏公路异常简陋，有多少泥沼、雪山、冰河……在考验着打开西藏通道的开拓者！但是不管怎么说，兵站同志这句祝福的话是伴随他们西行路上的一股强劲的温暖动力。

在我数十年人生经历中，兵站留给我的印象太深了，实在太深！我不会忘记第一次走进楚玛尔河兵站的情形。楚玛尔河是长江源头一条支流，长年累月不是咆哮，而是轻歌曼舞地在荒原上流淌着，我听不见远处流水的声音，也不知道它的魔盒里装着哪一片彩云，但我能触摸到它冰凉外表下那颗炽热的心。楚玛尔河兵站只是个中午站，不留宿，过往的汽车兵只在那里吃一顿饭。在我第一次执行运输任务之前，当时早我们半年上线的老兵就绘声绘色地告诉我们，到了楚玛尔河就是到了野生动物乐园，什么野马、野驴、野骆驼呀，黄羊、岩羊、藏羚羊呀，棕熊、雪豹、野牦牛呀，很多很多的野生动物，全都集中在那个地方了。那个地方叫霍霍西里（即今日的可可西里），它恐怕是全世界最大最大的草原之一了！正是老兵们这样丰富形象的描绘，使我们这些刚穿上军装不久的新兵大开眼界地知道了，在中国的西部还有这样一个地方。我们顺理成章地有了热切的期待！

我就是这样走进楚玛尔河兵站的。在进站之前我很有必要先介绍一下我们这些汽车兵。为了介绍得具体、形象，就以我为个例吧，当然是具有代表性的个例了。

　　你看看我的这身装扮，一身衣裤连在一起的工作服，上身还套着一件已经发白变色的旧棉军衣。腰里扎一条麻绳，算是腰带了。高原风头太大，让腰部裹得紧成些，暖和，干起活来也利索。一双长筒毡靴，很笨重地套在双脚上，走起路来特像熊猫在移步。那顶毛皮帽的两扇护耳，总是翘起来，多像两只翅膀。我当然想飞，但是重任在肩的我们这些汽车兵最知道的还是首先要把双脚牢牢地踏在青藏大地上！

　　这个夏日的中午，我们就是怀着这样的期待走进楚玛尔河兵站的。一样的工作服，一样的长筒毡靴。一个连队的 120 多名汽车兵，也确实够壮观了！就凭那坚实迈动的毡靴，足够把楚玛尔河的寂寞、沉睡踏飞。不变的色彩是一种素质，希望没有边界。实际情况是，楚玛尔河兵站比我们想象的还要简陋、荒凉。但我没有失望。因为这里的冻土地是热的，接待我们的兵站战友的心是诚的。这就是生活。生活与世界永远是那样宽广，一条路堵塞才能使另一条路通畅。所以，我难忘楚玛尔河兵站！

　　难忘兵站门前那座接送风雨等待激流的木笼子似的桥。

　　那是一座什么样的桥呢？木桥。说得具体点，是架在河上的一个大木头笼子。横七竖八的木柱、木板、木条组合成的一座简易桥。不仅立柱是木桩，就连桥面也是木板和圆木参差铺就。那立柱是好几根木桩用铁丝捆绑在一起合成的，这些合成的立柱之间有或直或斜的木板牵连着，暴露在外面的那些不算少的“冂”形铆钉显得十分吃劲。奇怪的是，桥面上的那些木板或圆木并没有用钉子固定，都是活动的。汽车在过桥时，桥体的各个部位都会争先恐后地发出吱吱嘎嘎的叫声。据说木板、圆木活动起来有弹性，可以减少压力。可想而知，汽车过这样的桥要担多大的风险，提心吊胆，稍不留神就会人仰马翻。我们连队的 45 台车，一字排开，停在岸上，由副连长指挥，一台一台地通过，全都挂低速挡行驶。副驾驶员站在对岸观察桥体随时可能出现的意外变化。大约用了三个小时，全连的车队才过了桥，停在兵站的车场上。

　　我们过的这木桥已经是楚玛尔河上的第二代桥了，第一代桥那是慕生忠将军带领指战员们修路时铺的水下石路，称作"漏水桥"。大概是"文革"中期，我在楚玛尔河上看到的就是一座钢筋水泥桥了。这应该是第三代桥。桥移了位，紧挨着第一代桥，但第一代桥和第二代桥都不存在了，被岁月缩朽成一座孤独的废墟。楚玛尔河上的第四代桥诞生在改革开放的20世纪80年代中期，这是一座体现着现代科技水平的大桥。壮观雄伟的合抱粗立柱，像一个个巨人，威风不减地顶着宽阔而厚重的桥面。两台汽车并排行驶不用怎么减速直奔拉萨而去。20世纪90年代初，慕生忠将军在他有生之年最后一次重返青藏线时，凡是能去的地方他尽量都走到了。据说，老将军站在楚玛尔河大桥上，望着滔滔东去的河水，抚摸桥栏，流着热泪，嘴唇颤抖着，就是不说一句话。他在桥上来来回回步行好几次，最终也没说一句话。他只是从河边抓起一把泥土，反复地一松一攥紧。老将军回望往事，从一个崭新的角度审视青藏迷人的巨变。他舍不得丢弃手中那把泥土，因为泥土，日子就显得沉甸甸！

　　难忘兵站露天食堂那顿散发着古老温馨留着荒原野味的午饭。

　　楚玛尔河兵站的午饭简单而丰富，单调而多味。吃了些什么，留下了些什么，我在日记里都有记载，至今珍贵地收藏着。副食是我们车队自带，每人一包咸萝卜，开包就能吃。炒鸡蛋粉，还有一根大葱。我需要对鸡蛋粉作一说明，今天的人们恐怕对它不甚明了。那个年代它可是我们高原军人的看家菜，携带方便又有营养。将鲜鸡蛋加工成粉末状，我们还得感谢心红手巧的工人。主食是兵站现做，米饭、馒头。因为高原海拔高，水的沸点低，八十度就开锅，米饭馒头皆是半生不熟。米粒与米粒之间互不粘连，做馒头的面发酵不起来，硬梆梆的。但是我们都吃得很香，很可口。当然与肚子确实饿极了有关，但最重要的还是兵站战友那份热情让人感动，暖人心窝。站长和招待员把饭菜逐个地送到餐桌上，反复地说："同志，乘热吃，多吃些。路长，天冷，饿着肚子会受罪！"句句轻声的叮嘱都含着重量。自后好多日子，我都常问自己：我们的汽车运载的是西藏的物资，但我们的心里是否灌满了西藏百姓的温饱和安宁？有没有这个自问，太重要了。精神上的感情实在重于物质。这是我在楚玛尔河兵站以及后来在高原的经历中学到的。我知道青藏高原所有的兵站都不是汽车兵的归宿，而只是出发点。我们还要上路，去拉萨，去喜玛拉雅山。我们步履沉重，因为我们扛着希望和使命！

就在这顿饭快要吃完时，团长王有功端来一盘特殊的菜，整个把我们吃饭的气氛改变了。变得惊喜，变得热烈，变得无所适存。团长是跟着我们连队上路的，兵站为了照顾他，特地炒了一个菜：野葱爆兔肉。葱、肉都是霍霍西里自产的，野葱还容易采到，野兔就很难逮到了。唯其这样，这道菜只能给少数人享受了。团长，一团之长，又最年长，当然非他莫属了。可是团长不忍心独吞这道名菜，就捧来让大家共享，他说：你们一人一筷子，快，给我消灭掉！同志们你望望我，我望望你，谁也不动筷子。可是团长撂下这盘菜就走了。野葱爆兔肉，冷冷地放在桌子上，独自散发着香味，芬芳。我们是在离春天很远的地方赶路，没有想到在距自己很近的地方看到了鲜花。一盘野味，一束光亮，翻乱了餐桌上的情绪，却凝聚了兵们的思想。最后到底是谁吃了这道菜已经不重要了，因为大家都把一份暖暖的感情深深地种在了楚玛尔河的冰层里！

难忘兵站一侧草坡上那只受伤的藏羚羊。

我常常这样想，我真正认识楚玛尔河乃至整个可可西里，是从一只受伤的藏羚羊开始的。后来我写出了《藏羚羊跪拜》，再后来，我被中国野生动物保护协会委任为藏羚羊的代言人，都与那只受伤的藏羚羊有关。那只受伤的藏羚羊仓惶逃走的情形给我的心灵带来了多大的痛苦！痛苦加深着痛苦，痛苦有时也可以缓释痛苦。确实如此。

那天吃罢中午饭，我们从兵站食堂出来，在车场旁边的草地上晒太阳，小憩，之后准备马上出发西行。要说我们玩得有多开心，绝不尽然。毕竟高原严重缺氧，大家连舒舒畅畅喘气的自由都难得享有。就在这时候不知谁人喊了一声："黄羊！快来看黄羊！"绝对是喜悦大于惊奇。随之几乎所有人的视线被牵到了兵站一侧的那个向阳草坡上。那里果然站立着一只黄羊，壮壮实实，约一米来长，头顶两只角笔直而向外微弯，直指天空。需要说明的是，其实这就是藏羚羊，那时我们把黄羊、藏羚羊统统叫黄羊。那家伙长得真美丽，毛色带褐，腹部毛呈白色，暖茸茸的鲜亮！就在我们正有滋有味地看着藏羚羊时，不知是哪个兵打了一枪，击中了藏羚羊的腿部，它先是打个趔趄，卧地，然后挣扎起身，一扭一拐地逃走了。可以想象得出，带伤的它跑得多么痛苦，多么缓慢。所幸的是放枪人没再追赶。它边逃走边回头用胆怯的神情回望楚玛尔河兵站。它逃跑了一阵子后，在一个坡顶站住了，跑不动了吧！也许是要看清是不是还会有人要放枪！远远地望着，血色的瞳眸。

　　我们西行，再西行。我们西行有终点。可是那只没有任何设防的藏羚羊它逃命的终点会在哪里呢？它的家呢？它还能不能再安全地回到妈妈的身边？

　　这是我第一次近距离看到藏羚羊，也是第一次看到人类用罪恶的子弹射杀藏羚羊。可以这样说吧，那只受伤的藏羚羊边走边回头用怯惧的神情探望的镜头，在我的脑海里萦绕了数十年，它带给我的寒冷和恐惧一直刺着我的心。我无法远离死亡，又不敢接近死亡。那时候人类猎杀藏羚羊仅仅是为了填充空空的胃囊，而今人们已经懂得了藏羚羊浑身都是宝，猎杀它为的是发财。可可西里藏羚羊的数目锐减，从15万只一下子减到了3万只。荒滩深处一堆堆扒了皮的霉烂了的藏羚羊的骨肉，肥沃的是荒原贫瘠的土地，烫伤的是有良知的国人的心。盗猎者疯了，放枪放得眼都红了，杀藏羚羊，连保卫藏羚羊的县委书记索南达杰也杀了！人呀，迈向文明的台阶越高，为什么越是疯狂得愚昧！太阳落下山以后，月亮尚未抬起头来，在暗夜的角落里，白天的美好、芬芳被寒风冰冷地修剪成带花的陷阱！

毕竟每天升起的太阳仍旧是新的，谁陈旧，谁就会被光芒射穿。历史跨入新世纪一个雪花回到水滴的春季，唐古拉山藏好了皱纹，青藏公路藏好了轮印。我又一次来到可可西里。迎面扑来的是一组比现代派音乐更铿锵、更激奋的旋律，火车！青藏铁路通车了。一列从北京开往拉萨的列车正高歌猛进在唐古拉山下。在西藏，没有什么比车轮的奔跑更重要。当年汽车飞轮旋转，给西藏送去解放和民主。今天火车轮飞万里，给西藏送去繁荣和富强。青藏线上的兵站顺理成章地发生了翻天覆地的变化。当年那个楚玛尔河兵站已经消失，只留下几处还没有完全风干的断墙残灰告诉后人这里曾经有过的喧闹和温暖。自然消失的不仅仅是楚玛尔河兵站，还有不冻泉兵站、二道沟兵站、花海子兵站、谷露兵站、温泉兵站等。兵站数量的大量减少，标志着青藏高原已经迈开大步前进了。过去车况差道路狭窄，从西宁走一次拉萨需耗去半个月时间，现在驾驶员脚踏油门一阵风，四天就能到达。枯瘦了几个世代的凸凹的驼道死了，沉重的外国汽车碾出深沟的小路死了！一些东西诞生，一些东西死去。挣扎着生活，是那样艰难，轻松地活着，又是那样愉悦。这就是历史。

可可西里地面上仍然保留着两个兵站，五道梁兵站和沱沱河兵站。每次来到这两个兵站，我总会不由自主地想到可可西里之魂，藏羚羊。多少年了，我没有忘掉那只受伤的可怜的藏羚羊。人类的贪婪使愚昧升级，那些手持猎枪的人失掉善良之心，变得可怕的贫穷。他们把爱交给了恨，肆无忌惮地猎杀生命，从藏羚羊身上寻找购买汽车和支付房租的硬币，藏羚羊的惨叫成为他们发财的希望。今天的可可西里变了，我从兵站这个小小的窗口就能看到。兵站成了不是志愿者的可可西里自然保护站保护藏羚羊的志愿者。每年初夏，当大批的藏羚羊从青藏铁路的绿色通道拥向太阳湖产仔的时候，兵们就悄悄地躲在暗处护着这些可爱的精灵。他们在兵站的院子里为藏羚羊建立了温暖的家，专门收留那些受伤和走失的小藏羚羊，喂养它们，给它们医伤。伤好了，长大了，再把它们放回大自然。那些面容憔悴却心狠手毒的盗猎者冲着兵站的三层大楼，不怀好意地说："就这些大兵多事！"因为正是这绿色的军营，打碎了他们发财的黄粱美梦。多少次，他们运载藏羚羊皮张的汽车被战士们阻拦，多少次企图逃跑的盗猎者被士兵们抓获，多少次一些初进可可西里准备铤而走险猎杀藏羚羊的人被他们劝回。

兵站，洒满和煦阳光的家园，迸出寒光英气的家园！

兵站，飞掠着和平音符的军营，彰显着力与美旋律的军营！

我走进了五道梁兵站的"休闲大厦"。这是进入新世纪以后，在青藏公路沿线各兵站挺起的一种新型建筑，玻璃钢结构，通体透亮。数千平方米大，宽敞，明亮。"休闲"二字进入高原汽车兵生活中，这实在是一件鲜嫩鲜嫩的新闻！它集学习、娱乐、健身于一体，你可以在阅览室翻阅报刊杂志和你喜欢的文艺书籍，可以在聊天室邀上几位好友天南海北地穷侃，可以在电话室与包括妻子儿女和朋友在内的知己畅开胸底地交流感情，也可以在棋牌室摆开智慧的沙场真真假假地习武练兵，当然也可以把你数天来积攒的疲劳、困乏舒舒松松地消散在那些铁臂钢架的健身器械上……休闲，就是忘掉旅途的疲劳，漫不经心地快乐着；就是扔下所有的烦恼，轻轻松松地浪漫着；就是拥有一个属于自己的境地，让时间停留在阔远的想象中！

我感慨万千地漫步在"休闲大厦"里，既想慢慢走着享受这阳光下的宁静、清彻，又想快步浏览尽多地收获这雪域美景。休闲，休闲！我不由得想起了遥远的一件又一件往事，我和我的前辈汽车兵在青藏高原留下的难忘的苦涩而艰辛的脚迹：当我们的车队被罕见的暴风雪围困在唐古拉山25昼夜时，可曾想到过休闲？当我们在藏北无人区遇到一股叛匪袭击车队、死亡临近时，可曾想到过休闲？当慕生忠将军的修路大军断粮多日吃地鼠嚼草根时，可曾想到过休闲……

休闲是几代高原军人用心血用生命换来的和平果实。它积蓄了多少等待多少关怀！

　　我坐在"休闲大厦"里，透过玻璃看见不远处的岩石上，结结实实地蹲着一只鹰，它在看我，我也看它。互相陌生，又似乎很熟悉。难道它就是一代天骄弯弓射落的那只大鹰？

为什么可可西里没有琴声

第二辑
藏汉情深

为什么可可西里没有琴声

格桑花

  我确实无法拿出更多的时间去认识这个苍茫世界上的许多新鲜事物，但是不可否认的事实是，为了找到青藏高原一种美丽的花，我却很不吝啬地用去了 40 多年时间。完全能推想得出，在这漫长的日子里我萌动过多少向往、等待，又遭遇过多少失望。无奈我便把这只闻其名不显其身的雪域花神揣在心里，让贴身的体温暖透它的脉管。我常常在梦里听见羌塘草原的牧羊女卓玛把这朵花系在鞭梢上唱着，梦醒，卓玛的身影消失，我眼前全是花开的声音……

  这花叫格桑花。

  这三个字什么时候挤进我的视野？记不得了。是在什么地方，雪山、还是草原或是冰河？好像都不是。依稀的印象似在藏北那曲镇或后藏日喀则一个军民联欢文艺晚会上，有个藏族汉子用呀啦索的歌喉吼出了这杂花名。一嗓子的西北风，踏一路青藏风雪，牵动山道十八弯，连同山巅的积雪一起，向坐在台下包括我在内的观众刮来。地地道道的西北风！我就这样记住了这朵花：格桑花。

  这是从歌中来的花，所以那汉子的歌声激荡不息地至今仍留在我的耳畔。

  我不愿让它遗失在荒原上，便踏上茫茫荒原的路途，开始寻找格桑花。拨开沙枣和红柳，踏访雪莲和藏红花，甚至叩响了戈壁滩骆驼草、芨芨刺的门，没有，都没有找到。我翻阅一本精致的高原花草的小册子，从扉页到末页，都未见有关格桑花的记载。

第二辑 藏汉情深

它离我越来越远。这样它对我的诱惑就越来越大。我搜肠刮肚地想象着它的模样。我认定它与雪域其他花种拥有同一个灵魂，山神赋予它们同样的灵感。

继续寻找。

一日，我行进在可可西里曲麻莱县境内的慛恰曲河畔，水晶一样的天空，牛羊遍野。我忽见一块石头上歇着一个赶路的年轻人，背我而坐。我止步打量着，寒意将冻脆的阳光一点点地折断，在很远很远的地方照亮他的脊背。周围是无际的野花和野草，映衬着他一种淡漠、静止的美。他仿佛有些孤独。我知道有爱才会孤独，便上前与他搭话。他这才扭过头看我，嗖嗖冷风舔着他脸上的热汗，他以手当扇地扇着。他告诉我，他叫孙斌，是格桑花西部助学工作站的成员，要去上巴塘乡石窟希望小学去看望学生。

格桑花！

惊喜！企盼了40多年的格桑花今天不是终于看到了吗！

历史总是在门外等待。只要你有恒心前行，坚持到底。我通过格桑花的脉管认识的人，在我生命中留下痕迹的人，我将一生深深地挚爱。

我寻根刨源地来到江苏扬中市与孙斌长谈。这个埋在长江深处被人称作绿岛的地方，藏着青藏高原的同一片阳光，流淌着雪域大地的同一条河。一切与生俱来，谁也无法掩盖。孙斌，这个身着警服、英姿勃发的青年，当他踏进西部那块沉重土地的一瞬间，竟是一生带走和留下的爱。那里像人们想象的那么贫瘠，但是不像人们想象的那么无情。

禾苗正在带着雪粒的阳光下艰难地拔节成长。

孙斌，因为有了你，那个遥远的地方有了温馨，有了读书声，有了爱和灵动。那里的花草叫不上你的名字，可是你认识那里的许多孩子。你是那么凝练、丰盈，那么夺人灵魂。你就是我寻找了40多年的格桑花！

你们从事的"西部助学"不是你的职业，更不是一种荣誉。那是你自为自认的迫不及待的责任、使命。

格桑花，藏家人心上的花！

因为常常想在作品里写到格桑花，却又常常不得要领，不知道如何准确地写。这时，我便问孙斌：你能给我具体地描绘一下格桑花吗？

我真的没有想到这一问，把摇曳的我从一个梦境推进到另一个梦中，一个我并不懂得的知识出其不意地来到我面前。

孙斌说：格桑花在藏语里的含意是吉祥幸福，但是在现实生活里并没有这种花。它是藏家人对美好愿望的向往和寄托。

也许为了让我相信他的这个回答，孙斌又强调地说了一句：你可以在藏区许多地方感受到格桑花，你却找不到格桑花！

感受和眼见是两回事了。难怪在我读到的数十篇文学作品里，作家们甚至一些没有到过藏区的作家用五花八门的笔调描写格桑花，有的写格桑花是洁白的颜色，有的写成了淡红色，还有的写成金黄色……作家们的丰富想象在这朵花上施展得淋漓尽致！难道这就是妙笔生花？此刻，当我的目光移落到孙斌的身上时，我似乎理解了。是的，我理解了！姑且不说孙斌关于格桑花的回答是否是最终答案，但他说的感受格桑花实在精辟。质朴、善良的藏族同胞，特别是那些美丽勤劳的藏族姑娘，谁能说她们不是一朵又一朵的格桑花呢！硕大而饱满的格桑花，它悄然绽放，又悄然消融在梦的边缘。

这时我仿佛看到了一个人，唱着山歌的人。只是我一时还难以分辨是军民联欢晚会上那个吼歌的人，还是在藏区奔波的孙斌？他唱得十分动情，脸颊上淌下的是思念的泪水？我终于认定了，他就是孙斌，实实在在就是他。他就坐在我的对面。这歌儿唱的是一位叫卓玛的姑娘，卓玛就是格桑花。牧场、藏村、雪山在歌中反复地出现，落叶归根的去处，萌发诗意的佳境。情深意长的倾诉和向往，委婉含蓄的隐忧和脆弱。本来轻松欢快的歌，为什么说隐忧？那完全是我的联想。听，这支《卓玛》的歌曲：

草原的风，草原的雨，草原的羊群

草原的花，草原的水，草原的姑娘

啊卓玛

草原上的姑娘卓玛拉

你有一个花的名字美丽的姑娘卓玛拉

你有一个花的笑容美丽的姑娘卓玛拉

你像一只自由的小鸟歌唱在那草原上

你像春天飞舞的彩蝶闪烁在那花丛中

啊卓玛拉

草原上的格桑花

你把歌声献给雪山养育你的雪山

你把美丽献给草原养育你的草原

啊卓玛拉

草原上的姑娘卓玛拉

………

　　孙斌在唱，陪着我采访的他的几个同事也跟着唱。奇怪的是第一次听到这支歌的我也随着他们一起哼唱，是这曲调动我心弦还是歌里展示的场景人物太熟悉，反正我也在唱。我看到他们的眼里闪烁着泪花，包括我。

　　想象的翅膀展开了。歌声中我看见了闪着金光的佛堂，看到了缀在佛前的念珠，看到了长长不息的酥油灯，看到了五体投地的朝圣者。这歌声叫醒了草原，叫醒了草原上的小路，叫醒了帐篷，叫醒了一束光芒。牧民的窗户打开了，学校的窗户打开了，许多牧民扒在窗口看着这唱歌人。有的窗户开得很大，有的窗户开的很小。那一双双眼睛含着渴望，含着焦虑。

　　孙斌对我说，他是在藏区学会唱这歌的，现在扬中市好多人都会唱这支歌了，特别是在学校里，孩子们唱这歌唱得最动感情。他还说，就是歌里这个美丽的卓玛姑娘，她会放羊，会干许多牧人的活，她却穷得上不起学。藏区有许多卓玛姑娘，她们都上不起学。

我终于明白了，他们在唱这支歌时为什么含着泪花。我也清楚了，我在唱这支歌时为什么也含着泪花。这歌中有一个上不起学的卓玛姑娘，这歌中包含着生命中脆弱的部分，那是经不住轻微的伤害的软肋部分啊！

我看见了，歌声中雨一直下着，洗着天空的尘埃，洗着路上的尘埃，洗着人们心上的尘埃。

我恳求孙斌，你给我讲讲这些卓玛们的故事吧！这完全是水到渠成的要求，这样的采访双方都不会有任何戒备，能敞开心扉。于是，孙斌就给我讲了他和他的格桑花工作站为青海、西藏，还有甘肃、四川等西部地区的贫困孩子提供助学的事情。他带着生机勃勃的光彩，带着沉默的岁月蕴藏着的挚爱，给我回忆这些并不轻松的故事。艰辛中掺和着快乐，追述里渗入了隐痛。我静静地听着，不，能平静吗？讲者和听者都压抑着感情，不能不平静地面对这个现实呀！我听他讲着，被他的光彩感染着，也学着他的挚爱幸福着。听着听着，我摸摸心脏的位置，炉火正红，胸脯热得有些烫手。这时我突然觉得坐在我对面的孙斌化作了一朵浪花，是从长江的激流闪跳出来的一朵浪花。浪花飘飞着又化作一股清纯的溪流，畅酣地流向西部。从来都是水向低处流，可孙斌这股溪水偏要从低流向高。江河慈航八方，善水普度众生。夜晚赶路的星星，白天赶路的溪水，都分分秒秒地记录下了这位助学人创造的故事。我也变得活泼了、浪漫了，对星星和溪水说：给我讲讲孙斌最初的那些你们看到的事情吧。没想到，孙斌抢着回答：我做的事情太平常了，我还是说说另外一个人的故事，坦白地说正是她那无私地奉献西部的责任感，对我的触动和诱惑，我的生命里才有了这么一段刻骨铭心终生不悔的经历。

孙斌的激动显而易见，为什么这样按捺不住？这到底是一个什么样的人呢？

这个人叫洪波，安徽省某医科大学附属医院工程师。她是第一批可可西里的志愿者，为保护濒临灭亡的藏羚羊她和一些志同道合的热血青年到了遥远的青藏高原。没有想到这一去她就和这块沉重的土地结下了撕不断的情缘。她渐渐地疏远了过去熟悉的、热闹的人群，走近了陌生的、孤独的另一群人。这就是西部的孩子。原先的那扇窗子没有关闭，另一扇窗子却打开了。拿着放羊鞭站在学校门口那些孩子们渴盼读书的可怜巴巴的眼神，还有虽然勉强进了校门却难以坚持读完学业的那些孩子们焦虑的眼神，都像针芒一样直刺洪波的心扉。她开始有意无意地力所能及地调查她所在西部地区的儿童受教育情况。后来她又利用假期到西藏、甘肃及青海的一些地区做过调查。残酷的现实使洪波不得不有了这样的认识：像要关注藏羚羊一样，西部的儿童同样需要人们关注，甚至可以说关注后者比关注藏羚羊还要迫切！实在难能可贵，洪波把保护藏羚羊和关注儿童教育这两个看似截然不同的事情辩证地融合在了一起，揭示了两者之间内在的必然关系。她在《格桑花的故事·2005年版》的调查报告中这样写道：

"从可可西里的反盗猎活动中，我也深刻地认识到环保和教育、经济密不可分。很多盗猎的人因为是法盲，不懂法，没有文化，加上贫穷，没有生活技能，所以走上了盗猎之路。如果教育跟不上，他们的下一代会继续贫穷，环保意识更别提了，西部的未来希望在哪里啊？经济发展和教育也是不可分割，这一代孩子没文化，那么将来怎么去保护这片土地。只顾眼前利益，低层次的开发，会毁了我们的青藏高原。青藏高原的生态环境不容乐观，首先是人的生态环境。可是作为我们一个普通人，从哪里入手去尽自己的力量保护她呢？教育！从支持西部教育开始做点力所能及的小事吧！"

这是洪波走进西部后滋生的一个新的思想高度。这个高度决定了她后来的行动。

2004年春节，洪波从认识并资助甘南一对小姐妹上学开始，到后来逐步发展到10个、20个、100个儿童。这些儿童有的是她自己资助，有的是交给她在可可西里时认识的志愿者朋友去做。不久，洪波又建立了西部助学网站。这个志愿者自发组织的民间公益性助学组织，就叫格桑花。说起格桑花这个名字还有一段插曲呢！

那是2004年年底，洪波和上海的志愿者朋友刘祎一起开展助学活动。刘祎在上海有资源，在朋友圈里找钱。洪波在西部的朋友多，负责找贫困孩子。洪波有个网友在青海日报社工作，她就通过这个网友的关系和当地教育局取得了联系，很快就预定了10个需要资助的儿童。洪波没有想到刘祎在上海的工作进行的很顺利，不长时间需要资助的孩子就增加到了30个。洪波很高兴，两头不停息地联络工作。她的这个举动却引起了教育部门的怀疑，他们不相信一个女同志哪来的能耐帮助这么多的贫困孩子，这不是天上掉馅饼的事吗？莫不是骗子吧！他们便很策略地盘问洪波是什么人？什么组织？洪波急中生智就告诉教育部门他们是格桑花西部助学的。那时她就知道格桑花是草原上最美丽的花、最吉祥的花。就这样这个名字一直沿用到今天。

孙斌就是这时候从网上认识了格桑花的。当时洪波在网上写下了这样的话："救救西部的孩子吧，他们正在受难！帮助孩子读书比保护藏羚羊的意义更大！"也许洪波的话有些言过其实了，但是她对西部孩子受教育现状的焦虑显而易见。孙斌认识了洪波后才知道，她在敲出这句话时热泪洒落在键盘上。孙斌真的受感动了，他认为这是洪波发自内心的声嘶力竭的呼唤，她在用一个普通人的高度责任感呼唤崇高信念，用一个弱女子的一腔激情点燃人们休眠或半休眠的良知。孙斌义无反顾地集合在了洪波高高举起的这面西部助学旗帜下。他说，洪波就是他的偶像，就是一座丰碑。唤醒了他的大爱，给他肩上增放了人类的重担。他掂量着自己肩上的重量和胸中的活力，下定决心要像洪波和许多热心西部助学的先贤那样，贡献精力和智慧。他当然知道自己的能力是微薄的、有限的，但他绝不吝啬。即使是一珠水滴，也要让这滴水在每个黎明映着阳光。即使是一棵草，也要让这棵草在每个春天复苏！

很快，孙斌与扬中热线网沟通，于2007年2月7日在其论坛开辟了格桑花西部助学版块。"格桑花西部助学网简介"、"扬中热线创办格桑花的目的"……一张又一张帖子发了出去，孙斌以版主江风的身份，在网上宣传格桑花西部助学网，并申请了22个青海曲麻莱县贫困孩子，发帖公布有关资料，呼吁扬中网友奉献爱心，支持西部教育。孙斌自己先认捐了两名学生。随后，爱心在网上传递，22个孩子很快被"抢捐一空"。捐助金额4530元。

"4530元。这是你西部助学的起点？"我问孙斌。

"是，又不是。真正的起点还是洪波那句话，那句关于救孩子的话。"

追根刨底这是我的一贯采访习性，我问他：请你具体讲讲，洪波是在怎样的情况下讲了那句话？

孙斌告诉我，那是由青海省称多县的一场雪灾引起的。那场雪真大，暴雪，狂风。整个天地都被白雪天衣无缝地填满了。狂风乱吹，雪雾弥漫，人畜全部窝在某个地方动弹不得。没出几天，就人断粮，牛羊断草。县城变成了孤岛，乡村变成了孤岛，学校变成了孤岛！当民族中学校长智明龙珠找到一根没有被风雪压断的电线时，他立刻感到孤岛有救了，希望之光就要来到了！他第一个想到的是洪波，这个来了一趟称多县就把这里群众的冷暖和疾苦挂在心上的汉族女菩萨。智明龙珠在接通了合肥的长途电话后，一口气给洪波讲了称多县严重的灾情。于是洪波就把称多遭雪灾的消息发到网上，同时写下了那句话……

孙斌说，我从网上看到了洪波发来的消息后，我的心就飞到了曲麻莱，飞到被大雪压得喘不过气的那里的学校。我巴不得立即见到那些孩子们。我要去曲麻莱的欲望就是那一刻萌发的，它是那么强烈，那么迫切！当然我最终还是实现了这个愿望，到了曲麻莱。不过那是二三年后，2008年9月19日。这个日子在我的人生经历史应该永远铭记。

他登上西去的列车要去曲麻莱县。从长江入海口的绿岛奔赴长江源头，这是多么浪漫的一次旅程，也是他渴望已久的心愿呢！渴望，倒是他真实的心情。浪漫，却未必。起码不是一种轻松的浪漫。

　　此刻孙斌的心情确实沉重，或者说诚惶诚恐。已经整整两年，曲麻莱这三个字近乎外国的地名在他心里留下的烙印实在太深。遥远思念，牵肠挂肚！

　　那里有低陋的校舍，简易的课桌，还有掴在孩子手里妈妈用粗针老线缝成的土布书包。当然最让孙斌放心不下的还是格桑花捐助的 20 个贫困学生。那些孩子们带着几块干馍馍上学，拿着自己制订的纸张颜色各异的小本本做作业。讲课的老师用藏汉两种语言教学生认字，他们穿的多是西北农村常见的对襟袄子……

　　孙斌真的想飞到曲麻莱去！

　　可是此刻，当他就要离开乡土到曲麻莱去的时候，仅仅是一瞬间，他突然产生了一种过去从来不曾有过的留恋之情。是即将要去的那个陌生地方无法与家乡的美景相比，还是家乡有什么牵挂使他难舍难分，或是前行路上难以设想的陌路让他怯惧？都是，也都不是！总之，在他踏上西去的征途之前，他要尽情地好好看一看他生活工作了数十年的这个城市。多看一眼路上的行人，多看一眼道旁的树木，还有那川流不停的汽车，当然最想看的还是孩子们那无忧无愁的花儿一样的笑脸……这是留恋吗？是的，他马上就要从一个天地走向另一个天地，而那个地方不仅遥远、陌生，还贫穷、封闭，孩子们最苦。在这个时刻他怎能不多望几眼自己已经很熟悉很幸福地生活了数十年，而在此后的一段日子里要离开的家乡呢？他趴在车窗口痴情万种地望着：

　　有一列火车准备出站，另一列火车刚刚进站，交会在两边的站台上。下车上车的旅客互相招手致意，他们并不相识但很亲切；很不宽敞的车站广场霎时成了人的海洋，人头攒动，黑压压一片。行李箱挤着编织袋，滑轮车领着小提包。三步并作两步的女人牵着小娃娃在小跑，北上压着铺盖卷的男人逐个对号找着自己的车厢。很匆忙的人，很快乐的人；天桥、地道也满是人流，流不完的人！噢，桥中间一老一少伸着颤颤的手向行人乞求施舍。唉，他们讨饭也不找个地方，这里是匆匆赶路的旅人，谁还顾上怜悯你！那可怜的娃娃的手一直伸着，伸着；相比之下，接站的人就显得几分消闲，轻松了，他们举着形形色色的牌子四处张望，有的人还不时喊上一声，要接的人来了……人流渐疏稀，散去。

西去的列车终于启动了，孙斌的目光仍然望着远散的人影。他暗想，我将暂时从这个熟悉的地方消失，但不远去。

西部的孩子需要他！

列车到达西宁是次日午后。这个雪域边城满眼都是身着藏族、蒙古族服饰的人，不时还可见披着绛红色袈裟的喇嘛。完全是另外一个天地了。孙斌看到堆在藏家人身上的那些银器、戴在手上的那些粗壮戒指，还有那古铜色的脸上，无不反射着阳光的力度。孙斌置身于这个边城，突然觉得自己变成了一张白纸，一张简单的白纸。一切都要从零开始。是的，正因为空白才更博大，更丰富。白纸上汇聚着众多的起点和终点。从今天开始他就要把自己融进这个天地里，有一段时间和这些身穿民族服饰的人生活在一起，从他们身上得到些什么，又要给予他们一些什么。睡去的将醒来，醒着的将喷发新的火焰。

他要先到玉树藏族自治州首府所在地结古镇，然后再到他要去的曲麻莱。到曲麻莱的路途长且艰难，这他知道，但他不敢去想，到了玉树再说吧。还好，他下了火车以后，正好教育厅有去玉树的车，他顺路搭上便车。出西宁后路况蛮好，宽坦，一溜平。但是没走出100公里就掉链了，路越走越难走，颠簸得使人的五脏六腑都移了位。最恐怖的是途中好些地方手机没有信号，一下子你会觉得与外面完全隔绝了，像掉进了一个千年枯井里，连头发梢都冒冷气。还好，汽车一路上没抛锚，傍晚7点多钟赶到了玉树州，整整颠了几个小时。结古镇的青稞已经熟了，而人世的集镇上经幡随风飘响。

就在孙斌准备动身去曲麻莱的头一天，他突然见到了在曲麻莱县教育局工作的潘新华，潘劝孙斌不要到曲麻莱去，理由是交通太不方便了。再说那里生活条件太苦，他担心孙斌受不了。潘新华是较早与格桑花接头的当地政府工作人员，他责任心强，很热情。他听说孙斌要到曲麻莱去，特地从县里赶来劝说孙斌放弃这次曲麻莱之行。

下面是他俩的对话：

潘：下来检查工作的省上州里的一些同志，他们都要绕过我们县，这我们不埋怨，能理解。你是一个外地人大老远地跑到青海，这已经够感动人了。为什么还要偏偏跑到一个苦涩的地方受罪！

孙：曲麻莱的情况我在扬中时就了解到一些，正因为那个地方太贫穷，我们格桑花才把助学的重点放在了那里。我这次来青海如果绕过曲麻莱良心要受责备的！

潘：这样吧，格桑花不是在玉树地区好几个县都有助学任务吗，你先跑跑别的地方再说。

潘新华把话都说到这个份儿上了，孙斌实在不好扫这位好心人的兴，便改路线去了距结古镇较近的称多县。那里的穷困学生也在盼着见到格桑花的人！

高原的天空实在辽荡，瓦蓝，站在这无垠的天空下，能眺望到整个世界。孙斌走在去称多和从称多返回的路上，眼前总是浮现着挥不去的曲麻莱的影子。他已经翻过了季节的山脊，就站在了曲麻莱的边缘，迈一步就是他在梦里出现过多少次的那块牵挂着的土地了。那里虽然缭绕着大秋落幕的冷寂，却也有缕缕如魂的清香。格桑花关注的 22 个贫困学生正望眼欲穿地盼着他们呢！擦肩而过，这是为什么？正因为遥远才使曲麻莱与人们有了一段距离，那个地方才变成了空旷辽远的世界。追上去，那不是永远的距离。脚下的冻土已经开始复苏返潮，阳坡上的草芽像做早操的娃娃，在风中齐刷刷地伸着腰肢。为什么不追上去呢？

这天，孙斌从称多返回来走到一个叫清水河镇的地方，原打算从这里搭车取道西宁回扬中了。他等车，从上午等到中午，也没见到一辆车。这是巴颜喀拉山中的一个小地方，难得见到个汽车。就在等车的过程中，寂寞的孙斌又一次想到了曲麻莱，想到那里的孩子们，他们一定像他此刻一样寂寞难耐。不，他们肯定比他还要寂寞。贫穷加寂寞，最容易使人丧失信心。但是，贫穷并不是必然，寂寞也可以改变。怜悯之心，责任之心，那么强烈地冲击着孙斌。他断然改变了主意，返回到结古镇，然后去曲麻莱。结古镇是到曲麻莱的必经之地。可是仍然没有汽车，街上静悄悄的。没有去西宁的车，也没有到结古镇的车。孙斌只得求人了，他找到了一个警察，他也是警察，同行求同行嘛！那警察帮他找了个便车，他给司机塞了30元钱，把他拉到了结古镇。

当孙斌突然出现设在玉树州西部助学协会那间临时办公室时，同事们都惊呆了。他不是回西宁了吗？但是大家马上就明白过来了，他是要去曲麻莱的！孙斌的青海之行如果不去一趟曲麻莱他是绝对不会甘心的。从玉树到曲麻莱240公里路，路况很差，又刚下过一场雪，当天是无论如何赶不到了。也没车呀！这样孙斌就在玉树休息一夜，次日搭乘一辆小货车去曲麻莱。那小货车还很贪婪又拽了一个小拖斗，颠颠簸簸，时走时停，时慢时快，偏巧又下起了不大不小的雪，到曲麻莱已经是下午三点多钟了。你可以想象得出曲麻莱学校有多简陋，但你恐怕不会想象到曲麻莱县城也是那么简陋，简陋中还透着那么多的凄凉。就一条街，由东贯到西，不用10分钟就可以穿过。从排列很不规则的平房中凸起的几栋楼房，也好像有些年代了。街上冷冷清清，不时能看到多日不打扫的牲畜粪便。几头牦牛逍遥自在地漫步在人行道上。还不到吃晚饭时分，惟有一家火锅店升着炊烟。孙斌肚子早就饿了，进了店，20元钱填了个肚圆。那好像是他吃的所有火锅中最香的一次。饿极了，逮住死耗子塞到嘴里也香！

孙斌踏上曲麻莱的土地后心就热了，脚也勤快了。他的感情变得简洁、敞亮。这不能不提到雪，也许应该说是雪给他带来了新的收获。走进曲麻莱的路上下的那场雪，到了曲麻莱也没有化完，期间又几次断断续续地飘雪花。新雪压住了旧雪，新雪又变成旧雪。他的情绪以及出行计划随着雪而变化。如果说开初他还抱怨过这雪的话，那么很快这雪就陶冶了他的心胸和情感。雪把曲麻莱的天地覆盖得一溜平，洁净，雅素。原先那些不规则的、破旧的校舍，也变得爽心悦目了。就连孩子们的红领巾也变得格外的鲜艳。雪把多日来压在心头的烦恼，愁心的事洗得干干净净，熨得平平整整。怪不，雪怎么就如此多情！孙斌走在雪原上，看着洁雪覆盖的校舍，听着孩子们朗朗的读书声，心情好舒畅，好豁亮！曲麻莱，你也有美丽的景点！

在网上早已熟悉的曲麻莱第一完小、第二完小，曲麻莱中学，多秀中学，孙斌都去过了。第一次和这些早就知根知底知情的孩子和老师见面，他心情激动这自然不用说了。但是激动归激动，总也兴奋不起来。激动之中总是沉淀着沉沉的忧虑。这些孩子，还有这些老师，他们在这块土地上生活、学习容易吗？他们何曾有过像我孙斌欣赏雪的这份雅趣呢？

来到曲麻莱，怎么一下子就显出了自己与曲麻莱人的差距，谁个优，谁个劣？或者说谁个高，谁个低？能说得清楚吗？

就说这个叫桑周的藏族女孩吧，她是曲麻莱县河乡人，从出生那天起就不知道阿爸阿妈是谁，孤苦零仃，和姐姐相依为命，乞讨度日。草原上的路有多长，这姐妹俩经受的苦难就有多长。双脚磨破了，按一把泥土就当药敷。冬天来了身上渗冷，钻进牧草堆里就当取暖。2006 年孙斌捐助桑周上学时她才 9 岁，上学还不到一年她就和姐姐一起进了玉树孤儿院。她在那里的生活肯定衣食不愁，可是又有什么能填补她失去母爱父爱这个空缺？这次孙斌专程来到孤独院看望她。当他一把拉起桑周那双冰凉的手时，这孩子一个劲儿地往后退着，之后才慢慢地偎依在他怀里。她还不习惯亲人的怀抱，可她又是多么向往这份温馨。孙斌对桑周说："孩子，你和姐姐咽的苦涩太多了，该有几天暖暖和和的日子过了。今天这个时代到处都有阳光和春风，会有许多人疼爱你，吃苦受难总归是暂时的！"爱恨交融如金似银，生活的磨难不仅使桑周的身体感知到了人生的冷暖，也使她的灵魂触摸到了人间的深情。她对孙斌说："你，院里的老师，还有那些我从来未见过面的格桑花叔叔和阿姨们，都是我的亲人！"妹妹说完后，姐姐还说：我妹妹叫桑周，也有个桑字，她是格桑花哺养的幼苗。我们感谢格桑花！

听着这姐妹俩的话，我们没有理由不相信，所有的生命在这个时候都会朝着北京仰望，那是阳光和春风的源头呀！

孙斌继续忙碌而幸福地走在曲麻莱大地上。说他幸福，一点儿也不假，是幸福。你瞧，枯黄的草坡已经被晨光刷上一层亮气，青稞黄的速度飞快起来，慢恰曲河的流水也疾飞起来。他坚信所有的雾山阴云都会消失，包括那些缺门少窗的教室，那些在冷风凄雨里赶着羊群没学上的孩子，那些背着沉甸甸水桶往小河跋涉的阿妈……那天，孙斌在下拉秀乡中心寄小，通过学校老师给孩子们发放"一对一的捐款"。小学生每人400元，初中生每人600元，高中生每人800元。领到现金的孩子欢天喜地地跳着，唱着，遥远的不再遥远，沉虑的不再沉虑。一张张笑脸融入了金色阳光淋浴下的世界。就在这时候，细心的孙斌发现操场一角有个女孩在抹眼泪。她怎么啦，在这个师生认为喜庆的日子里有什么伤心事让她流泪？他上前和女孩搭上了话。这个10岁的孩子告诉他，她也通过学校向格桑花申请了助学帮助，现在却没有她的份。孙斌也纳闷，既然申请过了，为什么会漏掉？可以负责地说，凡是向格桑花申请帮助的孩子，他们都会尽量满足其期愿。为了找到这个问题的症结所在，孙斌到捐助网站查罢又查了学校的申报名单。原来是学校的老师把女孩的名字写错了，开展"一对一"助学时捐助人找不到这个学生，只好作罢。孙斌又进一步了解了这个女孩的情况。她生活在单亲家庭，不负责任的父亲撇下她和阿妈，逃到远方。母女俩的生活过得十分艰难。如无人帮一把她很快就会失学。可是女孩多么希望自己像其他同学一样幸福地上学读书！事情做到这一步，孙斌的工作并没有中止，不能中止！同情、怜悯的感情像铁钳一样夹疼了他的心。他要设法解决这个女孩的问题，以安慰她已经受伤的心。恰好有个接受捐助的学生转学走了，他们经过核实、调查把这笔捐助款转给了女孩。

当女孩的脸上绽放出笑容时，孙斌的心才轻松下来。

孙斌是利用有限的探亲假到曲麻莱走访的。来也匆匆，去也忙忙。在短短的时间里他总是把自己的活动安排得紧张、丰富，力争看望更多的学生，拜访更多的老师。多看望一个孩子他的心里就踏实，多拜访一个老师他的心里就牢靠。这不是吗，他又马不停蹄地进了上巴塘乡石窟希望小学的门。这个学校就两个老师，是夫妻俩，四个年级，百十来个学生，两个教室，混合编班，轮流上课。可以想象得出这夫妻俩的教学工作是多么艰难，艰辛！他们又会是多么的尽职尽心！由于资金十分缺乏，教育部门一直想把这个学校撤掉，但是当地的老百姓就是不同意撤。十里八乡就这么一个学校，一旦撤掉，他们的孩子要跑上十多里或更远的路去上学。教育部门理解群众的愿望，暂时不撤了，可是又拿不出多少经费给它，老百姓也穷得榨不出几两油。这个希望小学就这么"说是希望其实看不到多少希望"地半死半活地存在着。老百姓说得好，只要它存在一天我们就有希望。谁都能感觉得到他们说这话时的那种无奈，更能感觉得到压在他们心底的那种强烈向往。石窟希望小学的这一对夫妻教师靠的是有限的物质力量和无限的精神力量，在贫瘠的大地上给人民群众播种着希望。孙斌是从网上了解到这个学校的情况的，说实在的，他和格桑花是多么愿意伸出手来支援这个即将倒坍的"教育大厦"。心有余而力不足呀！

孙斌怀着极其复杂的心情走进石窟希望小学，见到了这对夫妻教师。他们自然很高兴，说：我们都知道格桑花，就是联系不上，今天见到你真是太高兴了！我们全校的同学都知道你们捐助别的学校孩子上学的事，大家羡慕死了！孙斌闭口不提格桑花无能力帮助他们的事，只是说：今天见了面就是缘分，以后我们会有机会为教育事业共同尽力。孙斌在两位老师的陪同下参观了校舍，看了学生的作业，还带着孩子们读书。孩子们的作业字迹工整，做得认真，读书的发音也很标准。足见两位老师泼洒的心血结出了硕果。但是，实事求是地讲，孙斌在这个希望小学待的一个来小时

49

中，心情很不轻松。他在面对这些师生时总有一种愧疚感。难道是自己做了什么辜负这个学校的事情吗？没有呀。不，是有的！这实在是一个说不清楚道不明白的事情。临走前他从自己的路费里匀出 200 元钱，交给两位老师，说：杯水车薪，你们买点紧缺的办公用品吧，起码的教学条件还是不可少的。他还把从扬中带来的儿童玩具留了一些，给这里的孩子课外娱乐活动增添点乐趣和活力。这些玩具是他们格桑花扬中工作站开展"给你的旧玩具找一个新家"活动中，家长和孩子们捐献出来的。装了 200 多麻袋，他们分赠给西部贫困地区的数十个学校的孩子们。

9 月 30 日，孙斌乘坐拉萨至上海的直达火车，回到了扬中。他万万没有想到一出站口第一个迎接他的是 9 岁的女儿孙燕婷，女儿一下子扑到他怀里喊了一声爸爸，就热泪盈眶，他也止不住流下了热泪。是呀，他从一个遥远贫困地天地回到了另一个繁华的天地，抱着衣食不愁、学习条件优裕的女儿，怎能不想起曲麻莱那块土地上的孩子们！想起他们他的心就无法平静！

孙斌原地站着，抱着女儿许久许久地站着。随后他才发现扬中工作站的几个同事在远远的地方等待着他。他给他们招招手，大步流星地走了上去。他有许多心里话要告诉他们。他要和他的同事用自己辛勤神圣的劳动，把世界打造得美轮美奂，把那些暂时不称心如意的东西砸碎回炉，再重新打造新的平等和幸福！

2009 年 4 月于望柳庄

为什么可可西里没有琴声

——一个志愿者的爱情手记

我得到志愿者的一本手记

> 阳光照耀的每一天志愿者都准备着冷雪的袭击/山脊上有一堆没有土的坟丘/索南达杰的日记成了他们的座右铭/南武与女朋友因可可西里而分道扬镳/真爱和假爱都撕肝裂肺地折磨着人

已经是 10 年前的事了。

那时候，"志愿者"这个词是刚刚在社会生活中露出嫩芽的新鲜事物，它对众多的人还是十分陌生的。我因为到了遥远的可可西里，就和志愿者有过三次今生都值得珍惜的接触。我心悦诚服地称这些踏上青藏高原漫漫征途的无畏者是神圣的勇士。我知道正是可可西里一串一串让藏羚羊惊慌逃窜的枪声，把这些抱负在胸的热心青年召唤到那块沉睡中被乱箭穿醒的地方。在那里，季节深处的寒风正把最后一点热气吹冷。动物世界的一场灭顶之灾使千年的冻土层发出断裂的声音。草枝拔节的声音很小很小，羊皮撕开的声音很大很大。给人整个的感觉可可西里的太阳即将熄灭，黑夜已爬上雪山的额顶。

志愿者是去拯救可可西里的。

我尤其崇拜那位首先只身闯进可可西里自费建立自然保护站的杨欣，他是志愿者的先行者。正是他勇敢地站在世界屋脊上向国人大声疾呼，珍惜国宝，保护藏羚羊。随着他声嘶力竭的呼唤许多人的目光才投向了陌生的可可西里。我是冲着杨欣专程踏进可可西里的。遗憾的是，我到杨欣保护站那天未见到他本人，守门的两个志愿者告诉我，他回成都为保护站筹措资金去了。我在那间被称为保护站实则是卧室兼展室的小屋里连脚步也不忍心放开地参观着，墙上贴了不少有关藏羚羊的挂图或照片。杨欣创作的两本著作《长江源》和《长江魂》很寂寞地放在一个简易小桌上。保护站是杨欣们自发建立起来的民间机构，经费来源靠大家的爱心捐赠和卖这两本书的小钱来维持。两本书？我当然相信会有不少人出于善良的愿望很大度地买下它，但即使再有两本书可卖，这点书款毕竟与一个保护站所需要的开销相差甚远。我从北京出发时就特意带着这两本书，我放下两本书的书款，仍然拿走了书。不知为什么我绝对不敢放下超过两本书定价的钱，或者只掏钱不要书，我总觉得这样做是太轻看真诚的杨欣们了。这一点微薄得再也无法微薄的心意，并没有使我得以安慰，反而更有一番酸楚在心头。我只能在心里祈祷杨欣和他的同事们无灾无难地在可可西里干他们钟爱的事业。

　　站在出现在可可西里的第一个简陋的自然保护站前，我突然想到一个我一直不屑一顾的问题：有些人认为杨欣们来到可可西里是出风头，为了镀金。先生同志呀，你们太把人看得低俗了，为了镀金捞什么资本的人，绝对不会跑到这片荒凉的地方打发日子。社区角落里的垃圾等着有人清除，城镇一隅福利院的孤寡老人需要人们关爱，繁忙的十字街口的那些迷途者期待伸手搀扶的手臂……这些地方戴着红胸带的志愿者是多么惹人上眼！事实却是，另有一些人偏偏不识时务地到了可可西里，而且是自觉自愿，甘于寂寞。在这里当志愿者肯定是另一种选择，另一种滋味。抬头看到的是无边荒原，低头瞅见的荒原无边。凄凉的寒风无论冬夏无论昼夜都不厌其烦地在你耳边鼓噪，不听也得听，听了还得听。你既然选择了可可西里，就从一个远离生活的旁观者，瞬间责无旁贷地变成把生命时刻攥在手里稍一松动就会丢失的参与者。自己的生命，还有藏羚羊的生命。可可西里的志愿者必须随时准备着经历风险，在太阳照耀的每一天都要准备着冷雪的突然袭击。他们在这个陌生的世界里，遇到的考验很可能是一生都从来不曾见过的。可可西里的风沙肯定迷人，可可西里的生死考验也肯定会让你经过彻骨之冷。

世上的事情往往就是这样，越是看来让人难以生存的多灾多难的土地上，就越是能生长出抗霜顶寒的壮苗儿。果真如此！

我在这儿记述可可西里志愿者生存情况时，心房的四壁无一例外地透着寒风。一顶轻便的行军帐篷就是他们的家，帐篷一般都撑在靠近水的地方——不是河，而是湖，小小的湖。严格地说是水池，死水。但那是咸水湖，无法食用，只可以洗洗涮涮。洗涮久了，手也被浸蚀得发白变干。吃的水要靠送水车从几十里外的不冻泉一周送一次。同时送来的还有米、蔬菜，菜多是半冻半腌的脱水菜。帐篷的地铺上很不规则地摆着一条挨一条的米黄色睡袋，晚上人只需钻进去就可以睡觉，省去了展被子叠被子的那道似乎必不可少的程序。绝不是安眠，冰冷的睡袋总要用体温暖起码一个小时方能慢慢捂热。如果碰上零下三十多度的奇寒，就是把浑身的热力全蹿出来，也未必能使冰凉如铁的睡袋热起来。半夜里，志愿者被冻醒了，身上的骨头似乎都冻萎缩了，小腿在抽筋，转圈地疼。喉咙干渴，头昏脑涨。抿口水当然会好些，可翻来覆去还是睡不着。怪了邪！白天累得人身上像少了元气，为什么夜里却不能入睡？噢，高原反应在折磨你！帐篷顶上的天窗里含着夜空明晶透亮的星星，那星星正挤兑这些睡不着觉的人哩！好像在说，干吗呢，大老远地跑到可可西里来受这份罪，吃饱了撑的？

星星哪知志愿人的心！

几乎每顶帐篷上都写着这样一句话：不到可可西里非好汉！

谁能说他们不是好汉呢！

我总是这样对人说，要在可可西里做一个称职的志愿者，仅仅拥有天空并不真实，仅仅拥有大地也不完整。你只是脚踏实地地在生活中享受到天地之间的阳光抚摸，同时还要看到阳光抚平藏羚羊身上的枪伤，你才是一个真正的大地的儿子。然而，可可西里的阳光却异常吝啬，藏羚羊都战战兢兢地在阴霾的角落里躲着。你常常会看到山脊上有一堆堆没有土的坟丘，那就是藏羚羊的骨骸。就冲着减少乃至消灭这些坟丘，志愿者也要义无反顾地吞咽下所有不曾料到的艰辛和险恶。

有一个志愿者告诉我，他第一次走进可可西里，越走越深，走进了一个没有一点声响的世界，寂寞得仿佛身居大峡谷的底部。他说他突然间陷进了一阵巨大的孤独中，真的好新鲜。他把这种感觉说成幸福，说他真的享受到了别人难以享受到的幸福。幸福？我真的不理解，为什么要说这是幸福呢？当然，他最后告诉我了，这只是他最初的感觉，或者说是从来没有过的瞬间的好奇的感觉。后来，可可西里给这位志愿者的感觉是动荡，噪乱！他的耳膜也要被这种噪乱炸毁了的那种感觉。最初的新鲜烟消云散。

他的感觉是真实的。

遍地是藏羚羊惨叫着逃窜的声音。

这个志愿者叫南武，来自南国某城市。他说这名字是他到了可可西里后起的志愿者的名字。为什么要改名字呢？他回答得很含糊但精巧：别的志愿者也有改名字的，我改名与他们略有不同。我不便再追问下去。因为我隐隐约约地觉察出了，他有痛楚。

我在南武的笔记本上看到了这样一段文字：

"我们的生活绝对不是寻欢作乐，但是却充满着爱意。我们的内心因为寂寞而异常幸福！"

下面划着两道粗粗的线。说实在的，我读这两句话时，总觉得它的语言表达有点"泊来语"，国人讲话不这么绕。可话又说回来，虽然绕了点，但有味，绕出来的味。还有那幸福二字，这是我第二次从志愿者嘴里听到它。看来志愿者的幸福与我们常人理解的幸福含意并不完全一样，起码品味幸福的感觉不尽相同。我问南武：这是你自己的话吗？他说，不，是索南达杰日记上的话，我们都能背诵它。

索南达杰？为保护藏羚羊献身的勇士，是可可西里志愿者的精神领袖。我看到这位被高原风雪在脸上皴了一层微红的志愿者南武，在说到索南达杰时眼睛陡地亮起光彩，眸子是那么纯净。谁能说在可可西里看不到一块干净的地方？这位志愿者的眼里映着一片湛蓝的天空。我想，这样的眼睛不但宁静而且饱满，它把太阳锁在里面，也把月亮锁在里面。我突然有一种找到幸福的感觉。瞧瞧，我也幸福起来了！

因为提到了索南达杰，我们的心靠近了，话角也密了。他内心最深处的话被索南达杰碰撞出来了。他说，我这次上山，有舍有得。得之切，失之痛。

我马上预感到他要说什么了。通往青藏高原的路照例要从阻力中走出来，这大概差不多是每一个志愿者无一例外的相同经历。我问南武，是周围的人对你的行为不理解吧！他说，就一个人，我很在意的人。

他说的是他的未婚妻。他俩在同一所大学读书，就在他整装待发的头一天，女朋友出其不意地不说任何原因改变了态度，生硬地告诉他："咱俩的缘分尽了，断弦吧！"这弦字有说道，弦外有音。他俩都喜欢拉二胡，是宋飞的"粉丝"，两人就是因在学校举行的一次联欢晚会上合奏一曲梁祝二胡曲，走到了一起。断弦？那一曲和谐的梁祝就这样断了？

西征在即，南武已经没有时间给女朋友解释了。他看出来了，这时的解释肯定是多余的。酷热一去，便是凉秋了。一个铁了心要改弦更张的人，如是强按牛头让她回心转意，只能将那根弦崩断，连最后的希望也毁于一旦。既然留不住了，就让她走吧！南武是背着沉重的精神负担上山的。要说把他压垮了，那是夸张了女朋友此举的作用。要说他最终走出了这个精神羁绊，那也是高抬了他南武。可以说，他在可可西里一个多月的志愿者生活，没有一天不背着女朋友突然递来的这个"包袱"。沉重，沉闷，但他背着。

爱情这个东西就这么怪，既然曾经粘在一起，那就会一直粘着。对方越是要甩掉你，你反而越是不舍得被她甩掉！即使甩掉了，还想粘着。就这么怪。南武不会轻易丢掉这个"包袱"的。

他一直想不明白，这之前女朋友虽然对他参加志愿者不十分热心，倒也表示了理解，尊重他的选择。现在为什么连个序曲都没有就演出了正剧，发出了最后通牒？这使他不得不想起了这样一个细节：那天他第一次向女朋友吐露了要去可可西里的心事后，她悄声地问了一句：还能回来吗？当时他从这句柔声悄语的问话里感受到的是爱意，便也悄声地回答她：有你的等待，我没有理由不回来。现在看来他是所答非所问。此刻他好像才有点悟彻，"表示理解"这个外交辞令里预示的季节，既有春天，也有冬天。而且冬天降临的机缘会多于春天。后来南武终于知道，这个孕育冬天的土壤竟然是他敬重的偶像索南达杰。女朋友原先虽然担心南武去可可西里的前程，但根本不知道世界上还有索南达杰这么个为保护藏羚羊英勇献身的英雄。她钦佩英雄，但是要让她嫁给这样的英雄，她就要慎重考虑了。如果南武也死在了可可西里，我不是活守寡了吗？没有结婚的寡妇！这是女朋友的原话。

英雄能让人激情燃烧，奋进疾飞。英雄可以使黑夜裂开一道缝隙把光明分给渴求明天的人；同样，英雄也能让黑夜吼出几声暴雨前的炸雷，吓退胆小的人！

·········

南武把思绪从沉沉的往事回忆中拨出。他看似不动声色，却被一种摆脱不掉的欲望缠绕着。他对我说，不用提这些不愉快的事了，何必让自己惨惨凄凄地痛苦着呢。亲爱的太阳每天都是温暖地照耀着我们，每个人都应该好好地生活，快乐并希望着。天空总会慢慢晴起来的。那时也许会泪流满面，但那不是伤心泪，而是喜泪。我这不是已经来到可可西里了吗？我可以在这里放开手脚干我喜欢干的事业，我天天都守着藏羚羊。藏羚羊，我的好宝宝。挺好，确实挺好！

谈话暂时中断。哨子响了，吃晚饭了。

当晚，在帐篷伙房里（此时晚饭已经吃完，炊事员工作完毕，空空的帐篷里好清静。今晚我的借宿处），我和南武继续交谈。弥漫在帐篷里那淡淡的挥之不去的油盐酱醋味，平日里肯定会让人头晕并伴随着微微的恶心。可是此刻却使我感受到了温馨。这是可可西里特有的可心的滋味。那滋味仿佛发出一种轻微的声音，亲切地流动在我的四周，抚摸我的心扉。我暗自想，在中国恐怕很难再找到这样一个空寂、温暖的地方了。我接着白天的话题对南武说，你是挺好的，可以和藏羚羊生活在一起了，这是你日思夜盼的事情，能不好吗？但是我还是要直言不讳地问你一句：难道你就真的那么轻而易举地忘掉了女朋友？我要你掏出心窝里的话回答我。

　　他不语。久久地沉思着。我等待了足足有五六分钟，他才说：我不会忘记的。我们的感情已经很深了。她突然提出分手以后，我似乎才恍然醒悟，其实我们并不十分了解，我于她、她于我都不十分了解。说十分了解也许苛刻了一点，就是拿了结婚证成为夫妻，要说十分了解对方恐怕也未必。我说这话的意思当然不是泛指所有人，起码我对她的了解还欠把火候。尽管如此，我还是很难适应身边没有她的日子里那种说不清道不白的寂寞感觉。人大概就是这样，在你拥有的时候把一切到手的东西都看得很淡然，总觉得不就是那么回事吗！可是一旦失去了，才懂得所有的拥有都应该加倍珍惜。她平时对我的使性甚至出言讥讽我几句，这时我都想让她在我面前再重复一遍。分手后我真的好惦记她，这种惦念其实也是一种动力，是让我上可可西里的动力，上了可可西里又促使我做好自己想做的事情的动力。你想想，我如果不是挺立在可可西里，而是趴下甚至躺倒这不正好说明她的担心不是多余的吗？我当然知道索南达杰使我俩分手的具体因由，但我并不会因此而抱怨这位保护藏羚羊的英雄。相反，上山后我对索南达杰的感情有增无减。眼下和这之前，可可西里如果没有他这样的勇敢者站在荒天野地，天塌地陷的事情随时都会发生。藏羚羊遭到了毁灭性的灾难，可可西里还能成其为可可西里？在可可西里，索南达杰的形象无处不在处处在，他是志愿者的顶天立地的楷模，是藏羚羊的保护神。我崇敬他，特地把流传在我们志愿者中间他的两句话写在了我的笔记本上。每次记录我在可可西里的经历和感想时，我都会情不自禁地默念一遍。

他说的索南达杰的那两句话，就是我在上面提到的那段文字下面划着两道粗杠的话。

南武提到了他的笔记本，我很感兴趣，就问他：是日记还是笔记本？他反问：日记和笔记有区别吗？我想了想，说，日记是写给自己看的，笔记恐怕就可以扩大一些阅读范围了。我知道我这样的回答并不十分准确，我只是想起个话头让他接着说下去。他听了却不以为然地说，雷锋的日记全世界有多少人都读到了！我说，那是个特例，特殊日记。他说，咱们不去争论日记笔记的区别了，那不是我们的事情。实话告诉你吧，我写的这些东西就我的本意讲，只准备给包括我在内的两个人看的。我立马想到了他的女朋友，便紧追问一句，你是写爱情手记吧！他没加可否。稍停，只是说，我写了可可西里，写了藏羚羊。因为我是个志愿者。当然我在写这些内容时，无法回避我的情感世界。我的爱情是与可可西里密不可分地关联着。

话题又回到沉重的气氛中了。

他抽出烟，点燃，狠劲地抽着。我已经知道了，他是来到可可西里才抽上烟的。他吐着烟圈，那圈圈久不散去，是要留住我和南武的这次难得的意外相遇吗？我终于按捺不住想读到他这本手记的急切心情，便直奔主题地问，能不能把你写这些只准备给两个人读的手记，再扩大一个读者呢？他马上明白了，用警惕的又是温暖的目光扫了我一下，说：你真的愿意读它？我说，那当然。没想到他答应得很痛快：就这么定了！

涌腾在我心间的兴奋是难以形容的。我绝对相信，我将读到的是一份围绕着可可西里围绕着藏羚羊，裸露感情世界的最真实的爱情的记录。在可可西里这个广袤的世界里，人都可以无遮无拦地表露自己的心秘。爱情这个东西最让人大伤感情了，真爱也罢，假爱也好，半真半假的爱也包括在内，都是顶顶叫人牵肠挂肚的。爱得真了，你会牵挂。假爱来了，你又要伤感。牵挂和伤感都会让人陷入难以自拔的孤独之中，都是撕肝撕肺的折磨。就像坐在暗夜的角落一根接一根抽着烟嘴边一亮一闪的那个寂寞的老人，他很凄婉地自言自语：这个女人呀，怎么这样对待我？

还是南武打破了这沉默，他说，咱们有缘在可可西里相识，就是朋友了。我信任你，才让你看我写的这些东西。咱不叫它日记也不叫笔记，就按你说的叫手记吧，这样随意也顺口。其实，我真的很想找一个人诉说憋在心里的话，可是找谁呢？可可西里有的是藏羚羊，却难得有个知心的人。你来了，作家，热情，比我知道的事情多，看的也深刻，咱们就是朋友。这手记你可以看，翻过来倒过去正反面都可以看。你看了我的这些手记也就等于我把一切都给你诉说了，我心里也就痛快了，不憋气了。当然，我也知道你是会把这本手记还有你在可可西里得到的生活素材，进行你的文学创作。如何创作那是你的事，我不懂，也不会干涉。

我说，如果我把你的手记公布于众呢？

他说，可以。南武是我的化名，没人能查出有这个人的。

我有点得寸进尺了，再问，你的女朋友叫什么名字？

他很痛快地回答：吕艳红。

可以公开吗？

可以的。既然南武是化名，涉及到的其他人，即使是真名，也可以认作是塑造的人物。

噢，你这么认为，有道理。别出心裁。哪三个字？

这就不必认真了，你跟音写去吧！谐音更好。

我就这样得到了南武的这些手记。说难吧，还真有些轻而易举。说容易嘛，好像也不尽然。下面展示的就是他的手记，当然是经过了我的整理，除了稍作文字上的修饰外，还增添了我从他嘴里了解到的少量内容。另外，每节手记加了小标题，前面还提练出几句内容提要。这样本来就很长的手记就又拉长了一些。当然，这些都是经过南武同意的。

第一天和第一夜

站在世界屋脊上挥毫写字/不冻泉把冰雪推远了/不用筷子，真正的"手抓羊肉"/瞭望塔下的"新碑林"/信写好了/可惜没有邮递员来传情

当一名可可西里志愿者是我久埋心底的意愿。但是当我踏上可可西里的大地，面对面地站在先我一步成为志愿者的同行面前时，我才真实地知道了志愿者是什么模样，才明白了志愿者必须在什么样的条件下工作和生活。尽管这之前我已经从电视和报刊上多次见过可可西里的志愿者，可是当实实在在的志愿者出现于眼前时，我仍然感觉他们（也是今后的我）是那么陌生，又是那么新鲜，甚至还有几分畏惧。如果说陌生和新鲜属于正常反应的话，那么畏惧就有些难以理解了。畏惧什么呢，为什么畏惧？说不清。但我确实在那一瞬间有过这样的一闪念。我在心里对自己说：从这一刻起，我就是这样一名志愿者了！

就在我这样自言自语地告诫自己时，一名志愿者正躺在我身边的担架上等候汽车运到格尔木去住院。听说他患上了高山不适应症，病情还比较危重。

对可可西里志愿者的这个最初的印象，是在不冻泉保护站亲眼见到的，实在难忘。那天我们穿过昆仑山来到不冻泉小憩，然后再准备赴奔我们的驻地月亮湖。不冻泉保护站位于昆仑山口以南 20 公里处，离格尔木 180 公里，海拔 4610 米。可可西里有 5 个保护站，相对而言，这个站的自然条件还算较好。遍地流淌着的泉水使此地吃水很方便，操起勺子随手一舀就是清溢溢的甜水。空气也显得湿润。一年前，这里的志愿者还住帐篷，大风经常防不胜防地把帐篷摇晃得东倒西歪。到了 2002 年才建起了砖混结构的房屋。我看到屋顶上固定着一个由横竖几根钢筋交错做成的架

子，架子上是铁片制作的一行大字："青海可可西里国家级自然保护区不冻泉保护站"。我们在人烟稀少的高原行车好些天，一直与空野、荒凉的大山为伴，现在突然看到这一行苍劲、雄深的铁铸大字，心头不由得生起难以抑制的亲切感，也是一股力量。我猜想，写这字和制作它的人是站在昆仑山巅完成这个看似平常实则很不一般的任务。这一行字一出手就张扬着一种傲视苍穹的气势，豪气四溢。站在不冻泉保护站门前，我有一种到了家的亲切感觉。当然，它首先是藏羚羊的家。

我原地不动，好久好久地望着那一行字，不肯离去。想些什么呢？我自己一时也难以说得清楚。

保护站的志愿者来自全国各地，分期分批，每批 10 人左右，时间一个月。志愿者来可可西里给盗猎者以迅雷不及掩耳之势的沉重打击，这是毫无疑义的。但是可可西里并没有因此就永久地安宁下来，盗猎者的枪声依然时不时地从上空贼溜溜地滑过。

我们到不冻泉那天，风很大，是仿佛带着钢针铁刺的风，吹打得人几乎难以站立得住。保护站的门紧紧地很清冷地闭合着，我敲了几次也无人应声。之后我边敲门边呼叫着，才出来一位藏族同志，他自报家门叫托多，是保护站的值班员。这是一个很豁达的人，说话直来直去，特纯朴。他说其他人都巡山去了，他们的站长扎西才让，原来是野牦牛队成员，跟着索南达杰干过，浑身的疙瘩肉，是一头真正的牦牛，很豪爽。托多还告诉我们，今天就他一个人留在站上值班，有什么事他都能做主。出门在外，人生地不熟，碰上这么个热心肠的人，痛快！我说没什么大事，就是想在你们这儿蹭顿饭，之后还要往月亮湖赶路呢。托多很豪气地说，自家人嘛，吃饭睡觉的事他都包了。说话间我们就进了屋，烘一下就觉得身上暖和了许多，好像从冰天雪地走到了另一个阳光融融的世界。原来屋子中间有一个很大的火炉，是大油桶做成的，火势很旺。托多对我们说，他们昨天就接到格尔木的电话，知道今天有人上山，但没想到这么快就来了。我们几个人随便找了个地方坐下，歇歇气。一路上颠颠簸簸，四五个人拥挤在一辆吉普车上，确实又累又挨冻，肚子也咕咕地叫起来了。就在这当儿，门外响起了喇叭声，旋即就从门里进来4个人，一看，就知道是巡山队员。他们清一色地穿着厚厚的红绿相间的巡山专用的冲锋衣，许是天气太冷了，他们一个个都袖着手，脑袋深深地缩在衣领里，脸的一小半也埋进去了，进屋好一会儿后才露出整个脸。那脸赤红色，古铜一般，还粘着点点未融化的雪斑。这是高原强烈紫外线照射的结果。很快我们也就会变成这个样子了。托多说，这些天天气不好，老是刮大风，队员们只能短途巡山，中午回来吃饭，下午再出去。他还很风趣地对我说，你不是想蹭饭吗？来的早不如来的巧，正好咱们一起吃午饭。说着他就走进了用两个汽油桶隔开的另一半空间。那边该是他们的伙房，想必是午饭已经做好，他拾掇饭菜去了。我们在经过昆仑山时因为车子抛锚耽误了几个小时，没有按原计划到达不冻泉，没想到歪打正着，正赶上他们的饭时。

这当儿，我才有暇较为仔细地浏览了屋内的陈设。说是保护站还不如说成伙房兼卧室更确切，那个墩在中间的大火炉，显然是做饭、取暖两用。堆放的那些还没有打开的包包卷卷（也许直到这批志愿者离开也不需要打开）几乎占去了屋里三分之一的空间。整个屋内就一张床，寂冷难耐地放在一角。其他的陈设就是一张桌子了，上面放着一个记事本，我想那该是值班日记了吧。屋里四周的墙上贴满了图片，大小、新旧都无一定之规，但是每张都与藏羚羊有关。我好生奇怪，怎么就一张床呢？一个队员说，站上一共6个人，只有值班员住在这儿，其他人暂时住公路对面废弃的道班房。我明白了。

饭收拾好了，托多笑盈盈地端着一铝锅沉沉的羊肉来到我们面前，咚一下蹾在地上。他肯定想到大家都饿极了，便急不可待地揭开锅盖，锅里嗖嗖地冒射着腾腾热气，立即一屋子就弥漫上喷喷的香味。他竟然不顾烫手就捞起一块块带着骨头的羊肉，分放在几个盘子里，送到我们几个人面前。"趁热乎劲吃，越是热乎吃起来才香！"他并没有给我们筷子，我们也没准备要，伸手抓起肉就往嘴里塞。生活了多少年，经历的事也不算少了，用手当筷子吃饭这恐怕还是头一回吧！手抓羊肉嘛！这顿羊肉吃得好香，一辈子都记着这香味！

告别不冻泉，我们继续赶路。这时天空阴沉沉地拉起了长脸，一会儿就飘起了雪花。前行不足20公里我们就到了青海省索南达杰自然保护站。这个站2001年1月1日正式挂牌成立，是出现在可可西里第一个保护藏羚羊的建制单位。就是从这时候起，可可西里开始有计划地接纳全国各地的志愿者。每年大约有30多名志愿者分批上山为藏羚羊站岗放哨，同时对昆仑山至五道梁一带的野生动物进行实地调查。我们要在这个保护站住一夜，明天再去月亮湖保护站。

雪花满世界地旋转着，长时间不肯落地，好像要给我们诉说什么。我走出小屋站在外面的雪地里，心儿被这雪花抚摸得爽爽的舒坦。我真的想让这百看不厌的悠然飞飘的雪花落满全身，直至把我埋掉，那该多享受呀！谁料好景不长，很快就刮起了风，越来越大的风，把原本有节奏旋转着的雪花搅成了一团乱麻，浑浑沌沌。风越发地变大着，还拉起了很不中听的刺耳的哨音。天地间什么也看不太清楚了。好在我们已经来到了索南达杰保护站，免受一场风雪的灾难。

没有多久，风停雪止，可可西里又恢复了空远的寂静。我走到屋外想继续享受雪野的景致。天，瓦蓝如洗。地，辽寥无限。保护站不远处的瞭望塔是这块地面上除了那间小屋之外惟一的建筑。我步行至塔下，仰头望塔，忽然觉得我还有与我同行的这些人，变得渺小了。过去常听人讲，人比山高，好些书上也是这么写着。来到青藏高原这些日子，置身于莽原之中，我才感悟到"人比山高、人定胜天"之类的话显然说得过头了。是的，某些时候在某些事情上，人在发挥了超常的智能后确实可以战天斗地，获得胜利。但是，就总体而言，在大自然面前人还是渺小的。我们只能力争做到天人和谐，保护大自然。当然保护中也有改造，互为改造。改造仍然是为了和谐。今天，我们就是以这样的心情走进可可西里的。

瞭望塔下的空地上摆放着大小不一、形状各异的石头，少说也有百十块。大的能卧牛，小的可坐人。几乎每块石头上都或刻或写着字。什么人写的、又是写些什么呢？我好奇，就不由自主地走进了石头滩，一一看着那些字，并抄录在随身带的小本本上——

"地球是我家，幸福靠大家——长沙望月湖二小"；"可可西里，神秘的地方，可爱的家乡——解放军第二军医大学杨灿"；"永远做藏羚羊的保护神——上海李时玉"；"我们不希望只在网上回味大地母亲的温柔——重庆南开中学"；"我们的努力是为了能流向未来——成都西安路小学"；"尽我们所能还母亲河本色——武汉一中"；"把寒冷推远，也许能用上我们的力；把冰雪融化，也许能用上我们的热——北京一作家"……

我的心被这些带着明显情感的文字震撼得痒酥酥的无法宁静下来，又感到很温暖，浑身滋생着一种力量。这儿是志愿者的平台，也是进藏路上南来北往人们抒发心志的地方。我不能袖手旁观，便挑了一块石头写下了一行字："我的爱与可可西里同在——广西一志愿者。"

我手中没有刀剪，无法镂刻我写的字，也许不需多日，我的字就被风霜荡掉了（我看到已有许多用钢笔或圆珠笔写的字只残留下了一堆堆墨迹），但是我写下的这句话会永远地长在我心里。

我为什么要写下这么一句话？那一刻我想起了艳红。种瓜得瓜，种豆得豆，种下的爱情放在心头，让她四处游走！

当晚，我在昏昏欲睡的油灯下，给艳红写了我来可可西里后的第一封信。把我在瞭望塔下看到的那些题词留言以及我写下的那句话，都抄给了她。我有伤感，但更多的是期望。曾经的风雨，曾经的阳光，毕竟储存着浪花，留下了涛声。让它在可可西里的蓝天白云下展现，也许是一种解脱和安慰吧！

信写好后，我才意识到可可西里没有邮局，寄信要托人到格尔木去办理。这信只有压在手头了。看着这封一时发不出去的信，我怎能不想起那支从 20 世纪 50 年代一直流传至今的歌曲《草原之夜》呢：

美丽的夜色多么沉静

草原上只留下我的琴声

想给远方的姑娘写封信

可惜没有邮递员来传情

等到千里冰雪消融

等到草原上送来春风

可克达拉改变了模样

姑娘就会来伴我的琴声……

时间过去了五十多年，今天的可可西里仍然没有传情的邮递员。不同的是，可克达拉草原的夜是静静的，有琴声，而此刻的可可西里，却风雪吼吼地吹响，何来琴声？

我手拿着信，隔窗望着外面的风雪世界，望着……枪声！突然传来枪声！这枪声中不知会有多少藏羚羊倒下！

没有琴声却有枪声，为什么呀？

没有比泪水更干净的水

盗猎分子总是贼溜溜地躲着志愿者行凶/深山里奇怪的炊烟/宁肯饿着肚子也不吃藏羚羊肉

我们早出晚归，在不平静的可可西里巡山。日子单调，生活苦涩。其实，谁也不在乎这些。每每看到成群结队的藏羚羊从眼前活蹦乱跳地嬉闹着跑过，我们心里就兴奋、轻松，自己也好像成了它们之中一员那样乐之不够。有我们在，藏羚羊就有了安宁日子；藏羚羊能安居生活也会使我们单调的生活变得充实。巡山中对我们的情绪刺激最大的事，莫过于看到盗猎分子总是贼溜溜地躲着我们行凶，我们多次看到他们杀害藏羚羊后留下的罪恶痕迹。有时是一堆扒了皮的藏羚羊的血骨头，有时是带着枪伤艰难逃跑的残疾的藏羚羊，有时是失去爸爸妈妈无望回家挣扎在死亡线上的小羊崽，还有时是盗猎分子码在山洼未来得及运走的藏羚羊皮张……戳人心刺人肺的疼呀！

　　"那些黑了心肝的盗猎分子，巴不得放一枪就把可可西里所有的藏羚羊都变成他们腰包里的现钱！我们就是要毫不留情面地打碎他们的美梦！"这是巡山队张队长的话，他讲的这话太能代表我们所有志愿者的心愿了！每次想起他讲话时那咬牙切齿的样子，我就有一种无法抑制的责任感在心头鼓荡，燃烧。我们总是格外经心地巡山，巡逻的地面尽量大些，再大一些，不给盗猎分子留一点有机可乘的死角。正是出于这种考虑，我们9个人的分队，一分为三，变成了三个巡山小组，把巡视的范围扩大了三倍。我和张队长再加上小李为一个组，张队长任命我为组长。我说，这可不行，我怎么好领导队长呢！张队长说，队长管一个队，你只管一个组，严格地说你的手下就管小李一个人。当然到了组里队长也是组员，归你领导。他这么一说我就无话可说了。我愉快地挑起了可以管队长的这副组长重担。

　　那天，我们3人像往常一样，巡山来到了太阳湖边。这里一直是我们巡逻的重点地段，丝毫不敢懈怠。因为我们很早就知道太阳湖是藏羚羊集中的地方，尤其到了春夏交接的时节，散在各处的藏羚羊要跋涉到这里完成一年一度产仔的任务。盗猎分子自然不会轻易放过这块肥肉，他们常常趁巡山队不留神的空档偷袭而来，杀害藏羚羊。现在我们加强了在太阳湖的巡察，盗猎分子不得不收敛他们的罪恶行为。这样，太阳湖就出现了一段时间的平静日子。可是我们万万没有想到那些狡猾万端的家伙也在琢磨着对付我们的鬼招数。他们经过多次观察，摸清在通常情况下，我们都是下午到太阳湖巡察，他们就紧三火四地赶在我们未到太阳湖之前行动，其恶难耐地猎杀一回藏羚羊。我们很快就发现了这个情况，有意改变了巡视计划，每天先到太阳湖巡察，狠狠惩罚了他们几回。这天中午，我们出其不意来到太阳湖边，马上就有一种异样的感觉，杂乱、慌恐，地上的草践踏得千疮百孔，空气中弥漫着火药味、血腥味。显然有人猎杀过藏羚羊。我们估计他们走出去不会太远，决定乘势追击，追到太阳湖更深的地方，追出去大约三四里地时，我首先瞅见前面的山洼里升腾着一缕青烟，飘荡在蓝天草地之间，格外亮眼。还没等我说话，张队长也看见了，他用手势示意大家别声张。我们站住静观，那烟细细的，显得很孤单，慢慢悠悠地飘散着。烟势时断时有，看样子很可能是炊烟。按照我们以往的调查，这一带从来就没有定居的牧民，游牧的人也很少来过，地老天荒，前后几百里地面上不着村不挨店，常有野狼出没，谁来到这儿找死呀！此时，我们的眼前还不时地升腾着有点死乞白赖、苟延残喘的青烟。张队长提醒我们，这儿很可能是窝藏盗猎分子的黑窝点，让大家做好战斗准备。

我们提高了警惕，握紧猎枪，加快车速地向前赶着。果然发现了盗猎分子，有三四个破衣烂衫的人一瞭见我们追来，立即丢下所有的家当，开起一辆破吉普车撒腿就跑了。我们追了一会儿，那车跑得贼快，拐过一个山弯，消失了。

我们又返回到了升起炊烟的地方。原来盗猎分子刚才正在做午饭。残火暗灰，满地狼藉。一个烘烤得黑痂斑斑的铝锅，还歪歪斜斜地架在半死不活的火堆上。火已经快熄灭了，锅里还咕嘟咕嘟地煮着藏羚羊肉，喷散着一股淡淡的清香。这些刽子手，杀死藏羚羊，还要用羊肉充饥，他们精鬼到家了。我听说，有些盗猎分子打死雌藏羚羊后，剥皮，专吃雌藏羚羊的胚胎。十恶不赦的杀手，杀生养身，残忍至极！

日头偏西，已经是后半晌了，我们还没吃晚饭呢。这会儿每个人的肚子都饿极了。眼前就是香喷喷的藏羚羊肉，可是没有谁动心思去吃。我们宁肯饿着也不能吃呀，那是人类的朋友，是我们志愿者保护的对象呀！

我们把铝锅里的藏羚羊肉捞出来，装进一个塑料袋里，就在太阳湖畔挖坑埋葬了。我还特地堆起一个小土堆，算是这些遇难藏羚羊的坟墓吧！我们三人久久地站在坟堆前，心情十分沉重。想着这些可爱的藏羚羊遭如此大难永远地从可可西里消失了，我忍不住地流了泪。张队长哭得最伤心，一直扎着头在抹眼泪。

这天，我们回到驻地已经是夜里12点钟了。身上虽然很疲倦，我却没有丝毫的睡意。我沉重的心一直悬在半空中，总觉得好像还有什么没有做完？噢，想起来了，应该给艳红写封信。这已经是一个无法改变的习惯了，来可可西里这些日子，几乎每天都会不由自主地给她写信，哪怕只写几句话呢。我凭借烛光写着，告诉她我们白天在太阳湖边遇到的那些盗猎分子吃藏羚羊肉惨不忍睹的情景，我说我们巡山队的人都哭了，我们就像哭死去的亲人那样伤心。实在不忍心呀！我在信的末尾写道：这个世界上，没有比泪水更干净的水了！儿女的眼泪是哭父母的，爹妈的眼泪是哭儿女的，我们的眼泪是哭藏羚羊的！

由于我们加强了在太阳湖的巡逻，盗猎者逃跑了。太阳湖又恢复了平静，从四处赶来的藏羚羊在这里无忧无虑地欢度它们的"情人节"。这一天，我有幸看到了雌雄藏羚羊在情场上的"恋爱"，真没想到，它们的交配实在奇特，耐人寻味。那些雄藏羚羊们使出积蓄了大半年的所有锐气和精力，去占有雌藏羚羊。它们要决斗，胜者才是王子。只是它们不是与雌藏羚羊决斗，而是在雄藏羚羊之间进行。这种决斗太残酷了，少见的残酷！每只雄藏羚羊都毫不例外地长着一双长长的刀刃般的角，双方先是用长角抵着谁也不让谁，僵持许久。这时一方眼看就抵挡不住了，要输了，它突然松开长角，逃跑，猛跑。另一只雄藏羚羊则紧追不放。待追者与逃者拉开好长一段距离时，逃者突然就势往地上一趴，这时它的那两只长而尖的刀般的角自然是弯向后方。乘胜而追的雄藏羚羊则猝不胜防，仍在猛扑向前，正好那两把利刀刺进雄藏羚羊的胸部，它一命呜呼！

胜者得意地走向早就等候在一旁的雌藏羚羊。雌藏羚羊只接纳这样的英雄男。

这种血淋淋的交配，实在惨不忍睹，我只看过一次，就再也不愿看到了！但它是藏羚羊寻欢作乐的"情人节"呀！

袖珍录音机里的遗言

他说最苦的地方生活才最壮美/高原反应，使他恨不能把肠肠肚肚都吐出来

——袖珍录音机里的遗言

上午，来了一位后补队员，他叫李良。为什么叫后补？他是去西藏旅游的途中，临时动意拐到可可西里加入志愿者队伍。也许三天五日就走人。对这样热情的人，哪怕人只在可可西里待一个小时，冷淡他也是罪过。那就叫后补吧。李良是海南省的青年学生，他利用暑假来西藏旅游，顺便给他们的校刊写点文章。他路经可可西里采访我们时受了感动，心劲一涌动就改变了旅程，要为保护藏羚羊做点事出把力。之后，他还要去拉萨，跑新疆，在可可西里的时间满打满算不会超过一个星期。管理局（可可西里国家级自然保护区管理局——作者注）本来要他留在不冻泉保护站，那儿海拔相对低一些，自然条件稍好点。当然最主要的还是他将要度过的志愿者经历太短，没有太大必要分配到更远的站上。可是这个李良太要强了，也是逞能吧，他死活不听安排，生生地越过不冻泉，到了可可西里最艰苦的保护站——月亮湖。他说，苦无所谓，我从海南大老远来到高原，就差一步了，为什么不到最值得去的地方去考验自己！这样的机会我这一生恐怕就这一次了，我要过得淋漓尽致的壮美。李良感动了所有的人，我们都不把他当后补队员看待了。他是那天午后到月亮湖的，他连行李都不用落肩，就跟着我们把保护站两个小时才能走完的区域跑了一遍。问题偏偏就出在这两个小时里，时间那么短，李良总想多跑一些地方，他甚至说他一定要设法碰到一个或几个盗猎者，给他们点厉害看看。我们没有取笑他，完全能理解他这种完全不同于我们心情的想法。所以我们迁就了他，领着他到处巡视，到处搜寻盗猎者，不知疲倦地赶着路，竟然忘了

休息。超负荷了，还能不出问题！当时我们 4 个人为一个小组，个个都是全副武装；分坐两台车。李良看着车上装的那些包包罐罐的，觉着奇怪，便问：这是要干吗？带上干粮还不行，为啥还有背包、手电筒、帐篷？我给他作了解释，这是咱们巡山队的老规矩了，每次行动时吃、住、用、行的家伙都要一应俱全，少了哪条腿也要栽跟斗的。我们出发后，撒在荒野里，好像大海里的一叶孤帆，什么样想象不到的情况都有可能遇上。我们就得从最坏处打算。比如碰上突降的暴风雪，在泥沼地里陷了车，被狼群包围，等等。在顺利的时候就得想到这些逆境，事到临头才不会手忙脚乱吃大亏。李良好像听明白了，点了点头。又好像没大明白，一脸的茫然。可可西里志愿者的生活，他还没体验过。

我们坐的是两辆吉普车，旧车。按说在可可西里这样地形复杂、气候恶劣的地区巡山，都是在没有路的地方跑野车，应该配备好车。可是眼下这里的条件还不允许。一切才从头开始，能将就先将就着吧，慢慢会好起来的。队长老张说了，车坏了，咱们推车，推不动，就甩掉车步行巡山。这么一帮子壮壮实实的小伙子还怕困在荒野不成？说这话的口气是有点大，但在眼下这种不得已的情况下说出来，还是有志气的，鼓舞人呀！

我们的汽车在荒原颠颠簸簸地行驶着，车子倒是没抛锚，人却出现了毛病，高原反应缠上了李良。他不停地呕吐，把出发前吃的那点东西全从肠胃里倒了出来，瞧那样儿巴不得连肠肠肚肚都折腾出来才罢休。他不住地叫喊着头疼，头疼！我们不得不停下车，关照他。他下了车蹲在地上，双手抱头，连声哭叫：疼死我了！疼死我了！他还直抱怨，是谁用榔头砸我的头吧，太难受了！就在我们不知所措地正忙忙乱乱地又是安慰他又是给他按摩太阳穴时，他突然从衣袋里掏出一个袖珍录放机交给我，示意打开。我不解，问，你要干什么？他说，打开听听，那是我给女朋友的遗言。我直想笑，这高原反应在这里是家常便饭，用得着这么"严阵以待"吗？但我还是打开了录音机，李良的声音立即就飞了出来："亲爱的莉莉，我可能从可可西里就走向天堂了，你千万别难过，我无怨无悔。我走了，希望你能找一个适合你的人为伴。"我们听了，都笑，这人也太脆弱了，才来了半天就想死，没那么便宜。可是我们谁也没说什么，人家正经受着高原反应的折磨，还是理解万岁吧！

李良不呕吐了，头还是疼，录音机上落满了呕吐物。我赶紧拿出刚搜寻到的止痛片给他吃了，不顶用，他的头照样疼着。我说，这点药还是从张队长的提兜底层的一个信皮里挖掘出来的。李良似乎有些不满意，嘴里呜呜噜噜地说了一句话，好像是说，这么艰苦的地方怎么就不多预备些药呢！我们谁也没回答他的问话，就这么个条件，抱怨有什么用！还是藏族司机多边有经验，他好像早就有准备似的，在李良发出那句抱怨以后，他马上接上话茬儿：有准备的，怎么会没有呢。说着他就拿出了一条红布带子，三下五除二就给李良从额头处缠绑在了脑袋上。还真管用，李良说好多了，不那么疼了。他开始安静下来。我问多边，你什么时候学会用这办法制服高原反应？他咧开嘴憨憨地一笑，藏家人那特有的厚厚的嘴唇越发地显得厚实了，他说："什么制服，这是没有办法的办法。只要是个人谁还不会拿上带子绑脑袋？"我说："荒天野地的，要不是早就准备好这带子，事到临头到哪儿去找？"多边笑答："工具箱里还有三条备用着呢，你们几个都犯了疼也不用发愁的。"瞧这家伙多有心计！

李良的高原反应基本解除。这时他拿起扔在坐垫上的那个录音机，很有点歉意地对我们笑了笑，又装回到了口袋里。之后，又摆摆手。我不明白他摆手的意思，正要问那录音遗言是怎么回事，没想到他主动说话了：出门人什么不祥之事都可能碰上，特别是走西藏跑新疆这样的地方，意外的事故多的是，多一手准备总是好的。我追问一句："怎么给女朋友留遗言，家里的人呢？"他说："那正是女朋友的主意，她是怕我万一有个三长两短家里老人难以承受突然的打击。慢慢地由她去做工作吧。"

我暗想，瞧人家这女朋友，那才叫情投意合呢。同样是对待来青藏高原当志愿者这件事，做人的差距怎么就那么大呢！

我们继续巡逻。因为有病人在车上，车速很慢。这样我们就有机会欣

第二辑 藏汉情深

赏到可可西里的风光。我的视线一直投放到地平线上，远远近近，尽收眼底。我看到了好多动物，野驴、野牦牛、盘羊、棕熊、赤麻鸡……藏羚羊倒不多，偶见三两只，点缀在众多的动物中间，很是显眼。收回视线，我看到眼前的草地上稀稀落落地开放着叫不上名字的朵朵野花。有数条从雪山流下来的小溪，闪烁着莹莹阳光纵横交错地流淌在花草之间。溪流中还不时地露出一簇簇小草或野花，很美丽，很安静。直到太阳快升至头顶时，我们才看到了一群一群的藏羚羊，它们正在稍远一点的山坡上悠闲自得地吃草。那些羊儿看到我们的汽车，开始时只是抬头望望，又扎下头吃草去了。可是我们停下后，它们哗啦一下就顺着一条山沟跑溜了。我猜想，藏羚羊们准以为我们要伤害它们，其实我们停车是因为李良又喊叫着头疼了。再说，我们是专门保护藏羚羊的，它们怎么就看不出来呢？

多边不得不又在李良的额头上绑上了那条布带子。但是，这一回根本不灵光了，李良还是哭叫着头疼，头疼！这时天已近乎中午，又纷纷扬扬地飘起了雪花。我们决定立即返回驻地，万一雪越下越大，赶不回去，拖着这么个病人，麻烦事就大了！

回到驻地天已经黑了，李良的头疼一点也没有减轻。什么办法都用过了，摁太阳穴、吃药、扎针都没用。无奈我们只好连夜把他送到格尔木去住院。后来听说，医院给李良检查后，认为他体质太弱，不宜长期在高原留驻，只好送回海南了。不用说他打算去拉萨跑新疆的事也泡汤了！

李良当了半天的志愿者，病病快快的志愿者。那也是志愿者呀，是为保护藏羚羊做了贡献，生命里有了这么一次经历，同样值得骄傲！

当晚，我在灯下给艳红写信。不知为什么总想给她讲讲李良的事情，特别想讲那份遗言，写着写着就碰到了艳红的眼神，不知该怎么写了。如实地告诉她吧，那不正好证明她反对我来可可西里是正确的。不告诉她吧，又不甘心。这份遗言给我留下了心灵的疼痛、震撼和难以忘怀的烙印。还是不遮不掩地把实情告诉她吧，人人都需要深思，人人都可以反省。我给她写信怎能不带着感情！白昼长，夜晚短，时间不能泅渡，人心与人心之间，许多时候许多事情上无法丈量。我在信上给艳红写下了这样的话："当我再次回去找你时，无需敲门，因为门板没有了！"写下这样的文字，我一想，不妥，她要理解错了，真的把门板抽掉了，那不等于告诉我，这里没有门了……

我很怅然，真的好怅然！

一只夭折的藏羚羊

第一次看到藏羚羊是怎么出生/为小藏羚羊守灵/小藏羚羊临死前那黑亮亮的瞳仁

大老远，我们就瞅见前面的坡下有几只藏羚羊一边吃草一边慢慢腾腾地移动着，便不由得收慢了车速，唯恐惊扰了这些小宝宝。在我们这些志愿者的心里藏羚羊就是上帝，我们要护着它们，爱着它们。显然那几只藏羚羊也发现了我们，它们不但没有跑开还站在原地仰起头望我们。在藏羚羊的眼里我们是它们的保护神，它们也亲近我们，爱我们。我有个感觉，今天遇到的这几只藏羚羊好像有什么事要企求着我们，要不它们为什么一直眼巴巴地望着我们不离开？队长说，停止巡山，咱们观察一会儿看看会发生什么事情。与我们同行的保护站的一位工作人员有经验，他说很可能是有母羊要产仔了，咱们躲开一下，给它们腾出一个安静的空间。没有藏羚羊认为好的环境，它们是难以安全产仔的。他讲的太有道理了，我们赶紧下了汽车，步行到一个谷地（其实只是个小坑而已）。站在这个坑里我们拿着望远镜仍然能瞭见那几只藏羚羊，但专心产仔的藏羚羊就不见得分心看到我们了。就是在这里，我有幸第一次详细地看到了藏羚羊产仔的情形，那真是一个虽然美妙却痛苦着的比较漫长的过程——

我看到一只雌藏羚羊的小尾巴高高地撅了起来，不肯放下，久久地撅着，而且越撅越高，越直，好像要一直撅到天上似的。我真为它担心，那样多费劲呀，它能支撑得住吗？工作人员说，你不必操这个心了，马上就会有一只小羊出生了。几乎是跟着他的话音，果然就见一团黑乎乎的东西从雌藏羚羊的屁股处腾地掉了下来。之后，也就是半个多小时吧，那团黑乎乎的小玩艺儿竟然蠕动着，最后还立了起来，颤颤巍巍地一走一摔地移动着。啊，是藏羚羊崽！我惊喜地叫喊着。它就这么诞生在可可西里，真是太神奇了！小羊崽跟随着它的母亲向前缓缓地走动着，仍然是一步一摔，摔倒了再爬起，又摔……母亲不时地停下来，回过头用嘴舔舔它的孩子。随之，小崽又往前移走。我惊喜又不解，它们怎么刚出生就会自己走动？这样会摔坏的。工作人员说，你看下去吧，母藏羚羊就是这么产仔的。

那雌藏羚羊前行的距离越来越长，它还是要停下来，扭头看看孩子，有时还折转回来，照例舔舔孩子。之后又前行，走的距离再次拉长，再返回来……就这样反复多次，既亲昵地关照着小羊崽，又放手让它练步。我在心里暗数着雌羊反复的次数，一次，两次，三次……大约到十次时，不知何故，雌藏羚羊一直朝前方走去，再也没回来。走出去好远了，它只是站在原地看着它的孩子，孩子也不再起来了。我直纳闷，这是怎么啦？妈妈不关照孩子了，孩子也不跟随妈妈了！到底发生了什么事？

工作人员说，不好，出事了！

什么事呢？工作人员好像不大清楚，我们就更糊涂了。

我的心忐忑不安。我们猫着腰轻手轻脚地蹭到了藏羚羊跟前，雌藏羚羊已经不知去向，只见有一团湿漉漉的毛皮像面团一样柔软地瘫在地上，那肉皮还在有一下没一下地微微颤抖着，一截脐带连在上面。我拿出照相机，本想拍下它，却不忍心，怎么也按不下快门。工作人员说，它出生还不足半个小时，就夭折了。他说着就用照相机拍下了这一切。保护站收藏着有关藏羚羊的许多资料。

我们呆站着，束手无策地看着那只死去的藏羚羊幼崽。我满胸的悲伤。一个生命，一个本来可以在这个世界上绽放光彩的生命，怎么只像闪电似的亮了一道弧线，就永远地消失在无底的黑暗中了！脆弱的生命呀！

稍许，我问工作人员：它怎么就这样死去呢？他回答：是难产逆生。我再问：不是已经出生了吗，还叫难产？他说，你怎么就能肯定它是很顺利地生下来？也许从昨晚或者从今天凌晨，雌藏羚羊的肚子就开始发痛要生产了。凡是这样挣扎勉强生出来的小藏羚羊，一般的都难以成活。

我的心里无法平静，仍想着刚才看到的那个小藏羚羊惨死的情景。我平时所看到的藏羚羊跑起来像箭簇一样疾快，可以跟汽车比赛速度。多棒的身体呀！没想到它们从母亲肚里生出来的时候竟然是这么一个弱小的肉块，摇摇晃晃走了几步就永远地倒下去了。我们爱生灵，就要从爱护幼小开始！

被高原寒风带走了的藏羚羊幼崽呀，你的那一团肉乎乎的身体烙印着春天深处的伤痕；我会永远听你远去的哭声！

工作人员出于职业习惯的本能，当然还有怜悯之心，他仔细观察、记录了羊崽死后的一切特征。之后，又一次完整地拍摄下了羊崽的遗相。他说，保护站每月或者双月都要召开会议，讨论藏羚羊的生存状态，他必须积累尽可能多的资料。我却郑重其事地给他建议，把拍成藏羚羊的遗容相片，要尽量地少拿出来展示，实在太惨不忍睹了。他没表态。

我们在那只死去的小藏羚羊跟前默默地站立了好长时间。是向它的遗体告别还是守灵？我说不大清楚。我一直不敢去看它，偶尔看上一眼，心里就好酸疼！突然我看到那团黑乎乎的皮肉裂开一道缝，那是它的眼睛睁开了，黑黑的瞳仁，好亮好亮！这光亮一下子就落到了我心里，我惊一声："它活过来了！"我的话还没落音，那黑亮亮的一道缝又合闭上了。这回它真的死了！这个世界上再也没有它了！我看到，它合闭后的眼皮上好像还留着一滴泪水……

我们依旧站在小羊的遗体前，谁也不说一句话。许久，许久。要不是工作人员提议把它埋葬，我们不知道要默站到何时。于是，大家一齐动手挖坑，是给小羊建造最后的小屋吧！直到把它安埋好，也没有人说话。完毕，我说："黑黑，你在可可西里安息吧！我们还会来看望你的，为你站岗，保护你的灵魂！"黑黑，这是我为死去的小羊起的名字，我这一生也不会忘记它死前那一道黑亮黑亮的眼珠！

后来，我给艳红写信讲了这件事，我写道："……今天我眼看着黑黑死去，你知道我有多么难过吗！直到这一刻在给你写信时，我的眼里还会含着泪花。我真的没有想到这只可怜的藏羚羊，出生才不到一个小时就走到了另一个它不愿去我们也不愿看到的世界。它是那么的留恋它的妈妈，留恋可可西里它的家园！这从它的那滴泪水可以得到印证。它临走前还要睁开眼睛再看一看我们，死去时眼里还噙着泪水。那是它的生命里的第一滴眼泪，也是最后一滴眼泪。后来，工作人员说，那不是小藏羚羊的眼泪，而是它妈妈掉下来的伤心泪。不管怎么说，我忘不了那眼泪。妈妈的眼泪和孩儿的眼泪，都是催人泪下的伤心泪。我想，如果你在现场，看到了这只可怜小羊临死前的凄惨和留恋，你也会忍不住要掉泪的。因为我知道你是一个很胆小的女孩，最怕见到血，哪怕有一只小鸟死了也不忍心去看一眼。真的，那只小藏羚羊太可怜了！"

沙棘果与南国红豆

沙棘是个顽强的战士/沙棘果给藏羚羊带来祸害/南国红豆最相思

这是一片高地，高原上平川中曲曲折折的一溜丘陵状高地。它很均匀地分布在可可西里大约西南一隅。就是在这里，我看到了一片片骆驼刺、金露梅、沙棘等高原植被。这些在不少地方生长得原本茂盛的灌木，到了可可西里这片瘠薄、干旱、严寒的环境中，却退化成不足10厘米高的"爬行植物"了。它们紧紧地扒着地面，那颜色绝对不是绿色，更别说翠绿了。竭色，或者说枯黄色更确切。乍一看，好像一条条蜥蜴僵在了地上。这时你又会有另外一种感觉，虽然没有绿色，但它们的生命力却很强。就是这蜥蜴，这种土里土气的小动物在干渴、寂寞的戈壁滩世世代代繁衍子孙，够顽强的了吧！把这里的植物比做蜥蜴，这绝对是赞誉它们的坚强！

我站在一簇沙棘前，久久地观察，沉思。

它很瘦小，甚至在你如果稍有粗心大意不细搜寻时就很难发现它的存在。但是我仍然要确信无疑地用生机勃勃这四个字来描绘这个生长在遥远山区的灌木丛。当然这四个字不可能是描绘它的叶子——那叶子很像一颗颗麦粒——而是说它的枝干是绝对的生机勃勃。其实那枝干一点儿也不粗壮，且大都略是弓状地沿地面爬匍着。这并不特殊，也不重要，最让人对它肃然起敬的是它的叶子和枝干那种说红不红、说黑不黑、说青不青的混杂而成的色泽。我当然知道它是为了抗争高原的酷寒和风沙才铸就了这种颜色，那是健美之色，其次才是护身之色。也不必为它爬卧在地面的姿势担心，当狂风暴雪扫来时，它不会倒下去。沙棘是个顽强的勇士，即使被十级暴风吹得在地上翻了个滚，它仍然活着。我听说高原牧人讲过沙棘这样一个故事：有一次，罕见的暴风雪连着吼叫了一个星期，那些沙棘的枝条滚蛋蛋似的吹得遍地都是。最后被一场大雪结结实实地埋得密不透风。你猜怎么着？暴风停了，后来雪也化了，沙棘的骨架一点也没损伤，那混杂的色泽显得更清亮了，好像刚刚洗了一回澡。更有意思的是，那些红红的小拇指头般的沙棘果，亮晶晶地铺满在枝条翻滚过的地方。非常惹眼，太可爱了！这时候人们最直接的感觉是，那场暴风雪太有情了，它是专门为摘沙棘果而来的。离开它，还有哪个能工巧匠会这样整齐而均匀地把这美丽的红果撒满一地吗？

沙棘果有丰富的营养，可入药，又可制成饮料。不少牧民把它捡起来不忍心急于吃，而是放在家里作为观赏之物，不厌其烦地看好些日子，直至它萎缩。藏羚羊就不客气了，它们馋沙棘果馋得发疯，逮住就吃个饱。特别是雌藏羚羊，在它怀崽期间，巴不得把可可西里地面上所有的沙棘果都归它们享受。当然这也不可避免带来了另外一个问题，那些精鬼盗猎分子总是埋伏在沙棘附近的阳沟暗角里，守株待兔似的等候着藏羚羊出没。这样就有为数不少的藏羚羊因为贪吃而丢掉了性命。我对沙棘的感情是很复杂的。我相信藏羚羊在一次次吃亏后会逐渐学得聪明些。它们既吃到了沙棘果，又不会被贪心的猎人钻空子。藏羚羊确实是很精明的。

这天，我终于实现了久埋心底的心愿，采集到了两颗又大又红的沙棘果。工作人员看着攥在我手心里的果子很羡慕地说，他来到可可西里已经三年了，从来还没有碰见到这样肥大鲜红的沙棘果。我想，这大概是可可西里最美丽的沙棘果了。我把这两颗仁果装进了腾出的一个小瓶子里，它们卧在瓶里越发地显得红透漂亮。我又一次想起了南国的红豆，想起了那首红豆的诗：

> 红豆生南国，
> 春来发几枝。
> 劝君多采撷，
> 此物最相思。

我想我会把这两颗红果带回家乡去的，即使它烂透了，我也会带回去。为什么要这么铁心地做这件事！我也说不大清楚。我只想在我离开可可西里以后的日子里，我还会想起可可西里，一想起可可西里我就会想到沙棘果，想到那首南国红豆的诗……

这就是我的心情，真实的心情！

站在世界屋脊上唱《青藏高原》

女朋友教我唱歌／可可西里没有超乎现实的浪漫／歌把我与大山融为一体

没有来可可西里之前，我就时不时地听到一些人手舞足蹈地说，可可西里那个地方虽然苦了点，却是山高水长，风光无限，最能让人产生无限的遐想。遐想？产生什么样的遐想，我没有体验，也无法体验。后来，我参加了学校举办的一次诗歌朗诵会，听到了有人朗诵一首诗时，又提到了可可西里可以让人遐想万千，美丽无比。怎么又是遐想呢？因为我认识诗的作者，就随意地问了他一句，可可西里会让人遐想什么呢？没想到这位作者根本没去过可可西里，他只能很概念化地告诉我，在蒙古语里可可西里就是"美丽的姑娘"的意思，可想而知，它能不让人天上人间地去联想吗？他还说他虽然没去过可可西里，就是凭着这样的想象在一夜之间写出了这道朗诵诗。

天啦！神奇的可可西里！没到过它身边的人，竟然也如此钟情它。但是，说心里话，我是半信半疑。更何况，后来我知道了，什么"可可西里是美丽的姑娘"，姑娘二字纯粹是情种们杜撰出来的。

学院批准我来可可西里了，我的心情异常激动。当然更多的还是小心翼翼，不是不愿迈开前行的脚步，而是怕踢到雷区。我在心里努力勾划着那个将要身临其境的美丽天地：那是地球上唯一的一块保留着天然资源的无人区，天高云淡，白云下面的草坡上野生动物悠闲自在地走动着。这时候即使不会唱歌的人，也要按捺不住心头的激动，没腔没调地唱起了那首让内地人听了心花怒放的《青藏高原》。唱完了肯定还不解渴又唱起了《天路》，还有那支《回到拉萨》……这是怎么啦，越唱越来劲了！那是站在世界屋脊上唱世界屋脊，心里还不波涌浪翻？

你瞧，我人还没到可可西里呢，就天上地下地遥想起来了。这不是遐想又是什么呢？这一想还真启发了我，学唱歌。我音乐方面的天赋实在不敢恭维，五音不全，唱什么歌都跑调，对不起听众。我下定决心要学会唱歌，首先要把《青藏高原》唱顺溜起来，这样才有资格走上青藏高原。教我唱歌的自然是艳红了，当时她还没有跟我分手，教唱还算耐心，掏句心里话说吧，我下定决心学唱歌，还不是冲着让她教我？人就是这样，每做一件事除了可以亮在桌面上的堂而皇之的说道外，总还会有藏着掖着的隐秘。让她教我唱歌，一对一地面对面站着，那会是多么美好的滋味！至今我仍然记得她讲过的如何把这支歌唱出味道来的话："要挺起胸昂起头来唱，那劲头就出来了。"我就是这样学会了唱《青藏高原》。她给我打了60分，刚及格。我已经很满足了。

现在，我终于来到了可可西里。现实跟理想的距离之大是我万万没有想到的。《青藏高原》这支歌最初留给我的关于可可西里那种神圣的想象，或者说道听途说带来的那种急切的向往，随着我在这块土地上生活的时间不断增长而越来越渺茫了。我绝不诅咒可可西里，怎么可能呢！我就是冲着保护藏羚羊才千里百里地上了高原，我当然做好了吃苦甚至吃大苦的思想准备。我只想实实在在地说明一点，或者说要纠正一些人对可可西里"壳里空"般的单相思。可可西里是可爱的，藏羚羊也同样可爱。但是可可西里绝对没有超乎现实的浪漫，藏羚羊也肯定不是美丽的姑娘。这就是我的基本认定，一个志愿者发自内心的、始终不变的对可可西里的态度。这样，当我们第一次被暴风雪围困在巡山路上时才能坦然面对；当我们断粮两天一夜后在雪山上吃雪咽草根时才没有怨天尤人；当我们在深山看到一堆堆被盗猎者扒掉皮的藏羚羊骨骼时，才产生了一种强烈地无法遏制的责任感。确实如此，我们是有备而来的。我不会因为这样那样意想不到的艰难横在面前就缩手缩脚地没有出息地懦弱起来。

我没有理由消极地应对恶劣自然环境对我们的考验。尽管来到可可西里后，我常常会感到人类在大自然面前有时极其渺小，你根本无法战胜它，想躲避也来不及。但是我们始终要"挺胸昂首"，这是艳红说的，做个男人就应该这样。到了可可西里，越是在走投无路时，我就要求自己越是要有求生存的渴望。我要活着，必须活着！有了我们的安在，才会有藏羚羊的乐园。可可西里确实应该永远成为藏羚羊的乐园。我们可以在大自然面前吃尽苦头，却不能变得不堪一击，成为可怜虫。

我又想起了那支歌《青藏高原》，不能不想起它。那句话总响在耳畔："挺胸昂首地唱"。每想起它，我便不由自主地哼唱起来：是谁带来远古的呼唤/是谁留下千年的祈盼/难道说还有无言的歌/还是那久久不能忘怀的眷恋……

我唱得心花怒放。但是我相信不是那种自以为是的傲视天地的心花怒放，而是我与可可西里已经融在了一起、与大山融在了一起的那种心花怒放。青藏高原和我同唱。唱吧，这是一个志愿者顽强的呼吸，从压抑的胸腔里蹦出来的。虽有痛苦，却也自豪！

我当然很想让艳红听到我的歌声。那样她保不准会说：嗬，南武，你行呀你，成歌唱家了！唱得还不错嘛！她是在夸我吗？我怎么觉得她的话里总有一种酸溜溜的味道。顾不得那么多了，还是唱吧，唱《青藏高原》……

女研究生的可可西里故事

三男一女在野外如何露营/一连串又尴尬又快活的故事……

巡山的工作又苦又累且带着几分危险，这是毫无疑问的。当然也尽兴，干自己乐于干的事情，苦累终究会融进快乐之中。

最怕的是遇到尴尬的事，哭吧不是流泪的时候，笑呢又笑不出来。又哭又笑？哪有这样的表情！当然有，这也是可可西里里馈赠给我们的快乐！

真的，这种事偏叫我们碰上了……

绝大多数情况下，我们当天外出当天就可以回到住地。但是，也有例外。有时不知不觉来到远天远地巡逻，或者碰上难以预料的天气突变，志愿者只好就在野外露营。幸亏这样的时候并不多，否则可就苦了我们。所以我们每次出发时总要带着被褥，随时准备在野外过夜。在野外住宿挨冻、受苦，这是明摆着的事，有时还叫人难为情——那才真叫是难为情呢！三男二女或一男一女，能不难为情吗？

我倒不是说我自己摊上了这事，而是说在我之前发生的事。头年夏天，可可西里志愿者队伍里冷不丁地来了一位女队员，她叫何艾琴，是南方某大学的硕士研究生。她当然不是可可西里的第一个女志愿者，但是发生在她身上的故事却是独一无二的。也怪，这些事怎么都让她遇上了。据说，何艾琴当初正式提出来可可西里履行志愿者的义务后，受到了周围人的一致反对。一个身单力薄的女娃到那个地方去不要命了！尤其是她的家人，简直要跟她闹掰了！如果何艾琴屈服了，可可西里很可能永远会失掉一个女志愿者创造的奇特而美丽的故事。铁了心要为保护藏羚羊贡献智慧和力量的何艾琴，最终没有受到干扰，还是冲破阻力热情洋溢地来到了可可西里。与她同行的还有另外一个女志愿者，这也是亲友们最终能容忍她这次行为的一个重要理由。但是伴她上山的那个女队员来到可可西里没有几天，就以种种借故撤走了。她留给何艾琴的最后一句话是："还是撤吧，男人可以在这里有所作为，女人不行，确实不行！"何艾琴不服气，说："那我就试试吧！"这样何艾琴就成了名符其实的"女子独立大队"。

一个女孩混杂在一群男人中间，又是在可可西里这样一个遥远而荒凉的地方，让她很不自在的事情接二连三地发生。她没有抱怨，这是她自己选择的路，要抱怨只能抱怨自己。她只能让自己的生活和心理去适应这种陌生的环境。那天外出巡山，包括队长在内共四个志愿者，三男一女。一辆半新不旧的吉普车载着他们颠来跑去，哪儿的藏羚羊受到盗猎分子的威胁，他们就勇敢地奔向哪里。那些在藏羚羊面前跃武扬威的盗猎者，老远只要一瞅见志愿者的汽车，撒脚就溜之大吉了。跑？我追你，追上了批你罚你。追不上，也要吓得你落魂掉魂。这就是可可西里志愿者的生活，挺长威风的。说来也怪，许是那天他们巡走的地域太宽了、太深了，不时地能碰到盗猎分子。追，紧追不放！就这样追着追着，走得离住地越来越远了。天早就黑了，他们还在忙忙碌碌地追击着一股疯狂的盗猎分子。到了晚上，他们只能在野外宿营了。一辆吉普车就是宿舍，就是家。事前根本来不及考虑或者说考虑了谁也没有把它太当回事的问题突然为难他们了。四个人，三男一女，两床被褥，这就是说何艾琴就要和一个男人共盖一条被子了。这对何艾琴来说，与其是胆量的考验，还不如说成是感情的考验。她怎么能接受这样一个现实呢？和自己躺在一个被窝里的是她老公以外的一个男人。不盖被子吧，这里的夜晚气温少说也有摄氏零下十多度，挨得过去吗？再说那位男同志，他当然不可能有什么歪想法了，自己的同志嘛。可那毕竟也很不舒畅呀！好啦，顾不得那么多了，由队长点名分配，点到哪个男同志就该他不自在去吧！何艾琴眼睛一闭，管他是谁来跟自己搭伙呢！不就一个晚上吗，牙一咬就过去了！

那一夜，真难得熬过去。她不说什么，也不好说什么，只是把被子拉过来递过去地来回折腾着，弄得与她共用一条被子的那个男人根本无法入睡。其实她完全是一副好心肠，拉过来被子是因为觉着太冷想多盖点。递过去是因为又觉得自己太自私，还是让着点好。可那男的就遭罪了，睡不稳实，无奈之下只好起身，坐在一旁闷着头抽起了烟。蒙蒙的烟雾悄悄地弥漫了车厢，呛人。这回不仅是何艾琴了，另外两个男人也无法睡觉了，他们抱怨他：你够缺德了，要熏死我们啊！那男人只得摁了烟，呆呆地坐着。何艾琴见状，心里当然不安，便问那个"搭伙"的男人："你在想什么呢？"那男人回答："我别的不敢想，只是想男人睡觉怎么就这么难？可可西里到底是容不得女人还是男人？你们各位能不能给我找个可以安身的另外一个什么地方，让我可以大胆地休息，这样我也就解脱了！"这话不仅是冲着何艾琴，连另外两个弟兄也捎带上了，他们听了光是笑并不说话。倒是何艾琴很不好意思地说："将就着睡吧，大家都作难！反正都是熟人，谁也不会把谁怎么着。"显然这话里有话，绵里藏针，有几分警告。不用说是警告三个男人吧！她这么安民告示之后，像是吃了定心丸，很快就睡去了。呼噜！女人的呼噜声打起来绝对不亚于男人。也好，权当催眠曲。

催眠？根本无法入睡。三个男人很幸福地坐着，你一言他一语地无话找话地抒发着各自的感慨。"真没想到女人也会打呼噜，而且打得这么厉害!""嗨，那是因为你还没结婚，当然无法体验了。据统计，女人打呼噜的概率是男人的一半，用百分比来说吧，大约是百分之二十。""我说，咱们三个干脆下车找一个什么地方睡去吧！""你能放心地离去吗？小何一个人被我们抛弃在车上，出了事谁担当得起！""今晚我们真正地当了她的卫兵，为一个女孩幸福地失眠！"……

何艾琴倒是安安静静地睡了一夜。次日清晨，她见坐着睡得正酣的三个男人，热泪哗一下就涌出了眼眶。"大哥们，是我害得你们连觉都无法睡！"三个男人像商量过似的忙说："不，不！人生多经历些事情是好事。我们都不会忘记可可西里这一夜的！"

第二天，他们继续向深向远处巡山，因为有信息说，那里有盗猎者正疯狂地行事。忙了一个白天，夜里又该在野外露营了。这晚情况稍有改善，他们借宿在无人区边缘一个小矿上，三个灰头土脸的挖金人像遇上了救星一样热情地迎接了他们。这无人区难得见到一个人，挖金人不缺金子就是缺少和人说话。他们腾出地窝子，自己去帐篷里休息。地窝子不透风比帐篷里暖，谁不晓得！其实挖金人是冲着何艾琴的，女人走到哪里总会得到特别的关照。挖金人精灵着呢，让她在地窝里住一夜，那女人特有的气味好些天都能闻到。没成想新的问题随之而来，睡觉前何艾琴照例要上厕所，真难为这个女人了，荒天野地的哪里有厕所？平时这里的男人走出地窝子三步远掏出来就方便，还要什么厕所！何艾琴自然无法享受这种大自由。她刚走出地窝子，一片苍茫荒野就无边无际呈现于眼前，空空旷旷，黑灯瞎火，还有沙拉沙拉的响声不知从何处传来。她有一种走进偌大坟地的感觉，浑身得瑟。她站在地窝子前不敢迈前半步。这时一个年轻人出来，何艾琴赶忙说："我有事，你别管，你回屋里去吧！"年轻人说："我就是知道你有事才出来的，是队长派我出来保护你。在这地方你一个人是做不成事的。"队长派人来看我？何艾琴无话可说了，没想到自己办这点事还惊动了队长，派人保护？那年轻人很温暖地走到何艾琴前面，站住。何艾琴什么也不说了，紧紧跟着上去。年轻人头不回地前行，她说，行了，现在你可以回去了。年轻人不肯走，他转过身背着何艾琴说：你开始吧，听挖金人说这儿野狼很多，其他野虫虫野兽兽的也不少。还有那些爱凑热闹的打工者，他们成年累月难得见个女人，馋极了！他还要说下去，被何艾琴打断了："行啦行啦，贫什么嘴呀！"年轻人忙说："好啦，你就放心做事吧，我不会回头看的。"何艾琴又好气又好笑，这哪儿是上厕所呀！有苦难言，可又有什么办法呢？无人区就是无人区嘛，一切都不能按常规办事。她像做贼似的匆匆忙忙完方便之后，正要起身，忽然见右边不远处有一点绿莹莹的光在闪烁。她马上意识到有狼，在家时老人多次讲过狼到了夜里的眼睛就放射着这种可怕的绿光。她赶忙起身一个箭步就跃到了那个年轻人跟前。手里还提着裤子。这时那男人还背着她站着，根本不知道发生了什么事。她说："你到底还管不管我，狼都来了！"年轻人这才如梦初醒，转过身冲着那两道绿光震天撼地吼叫了几声，狼一看今晚这帮人不好惹，便夹起尾巴溜了。何艾琴满腹感谢，不由得对那男队员产生了一股深深的感激之情。俩人忙忙回到了地窝子。

时间像溜缰的马，从可可西里那野天野地的荆丛中不知不觉地一天天过去了。人在改造环境，也在适应环境。每天夹在男人中间的唯一的一个女性，她不能向男人逞强，当然也不可示弱。随意，顺大流吧。终于有一天何艾琴发现连她自己也渐渐地忘掉自己的女性身份了，这是值得高兴呢还是悲哀？她没工夫考究。她常常像男人一样自由自在地生活在无人区，不让人家关照，她照样生活，男性如果在生活上向她倾斜一些关怀，她也绝不拒绝。晚上她照例要出来方便，总会指名道姓地冲着任何一个男队员喊："喂，请帮忙！"马上就会有人应一声："来啦，稍等等！"一切都习惯了，确实习惯了，谁也不觉得有什么异常。这一个月的可可西里生活，她一辈子都不会忘记，太值得铭记了！

对于何艾琴闯荡可可西里的故事，对于她的坚守和她对男人的豁达，我都佩服，打心里佩服。谁都不容易！其实，人呀归根结底就是好好生活。什么是生活？生下来，活着，到了什么山上唱什么歌，到了什么地方走什么路，入乡随俗，就这个理儿。清高什么呢？为了生存，为了事业，就得往前走。猫起身子，既想躲狼又想避虎，最后说不定虎狼为奸一齐伤害了你，一事无成！

我按自己的意愿来可可西里这没有错，艳红以自己的兴趣跟我分手也没有错。我会把我的这个想法全部告诉艳红，当然首先还是要给她讲讲何艾琴的故事。何艾琴呀，她是一个比许多男人都要坚强都要宽容的女人！这样的女人，了得！

楚玛尔河畔的警牌

小藏羚羊的奶妈——山羊/一只被汽车撞得半死半活的藏羚羊/你是可可西里的卫士吗？

每天都巡山，每天都可以看到藏羚羊。看到它，想着它，心里就有一种希望，一股力量，就很幸福。

不尽人意的事也是每天都发生着。我常常能看到那些被丧尽天良的盗猎分子残杀得肢体不全，倒在血泊里的藏羚羊，我的心如刀剜一样疼痛难忍。一次，我们在青藏公路楚玛尔河附近巡山时，看到有几只秃鹰在天空低旋，还不时发出几声贪婪的长而怪的叫声。不好，可能有情况！我们急忙跑到跟前一看，果然有一只刚生下来的小藏羚羊躺在草地上，母羊不知去向。小羊受了伤，浑身湿漉漉的，凝结着一块一块的血迹，四条腿在寒风中不停地颤抖。见我们来了，它用乞求的惊恐的眼睛望着，我们懂得，那是在传递求饶的意思。我们不敢怠慢，赶紧小心翼翼地把小羊弄回帐篷。我们要给它养好伤，让它长大，再送它回到可可西里的怀抱里去。

可怜的小藏羚羊牵动着每个人的心，大家合计着给它取名"祖塔才仁"，藏语的意思是"长寿的藏羚"。大家从心底里为小羊祈祷，坚信受磨难的它必有后福。它无法吞咽食物，保护站的工作人员罗尼松玛就把食物嚼碎了再喂它。谁知小羊只是用小嘴巴闻闻，还是不吃。羊也娇气，不是妈妈的奶它就是不吃。我们直犯急，不吃东西还不饿坏它吗？我赶紧给保护区打电话求援，让他们想办法救救这只可怜的小羊。保护区的领导很重视这件事，立马派了两个人、一辆汽车，两天两夜赶到我们住地，把"祖塔才仁"护送到了保护区，特地给它找了个奶妈——一只山羊。开始，奶妈不认这个干儿子，干儿子也不搭理这个奶妈，僵着。工作人员多次撮合，调教，终于使它们走到了一起。小藏羚羊吃了干妈的奶，身上活泛了，渐渐地长出了劲，可以勉强地站立了，还开始挪步。大家好高兴，像看到自己的孩子一样亲热，你抱抱，他抱抱，小羊天天都生活在大家的怀抱里。其实，我们这些志愿者大都没有结婚，哪有孩子？现在抱着小藏羚羊却像抱着儿子一样亲，完全是一种感觉，珍爱小藏羚羊的感觉！

我们遇到的遗失在草滩上的小藏羚羊大多是幼崽。它们离开了父母的呵护后，根本无法独立活动，苦苦挣扎，非常可怜。其中不少活活饿死或被那些成天在草原上觅食的野兽伤害。为什么总有藏羚羊幼崽遗落荒野？对于这个现象我们开始并不了解其中的根由。后来，经的事多了，见的世面广了，才慢慢地解开了这个谜团。原来，盗猎分子每年猎杀的上万只藏羚羊，多半是怀孕或哺乳期的雌羊。它们身体笨拙行动不便，往往难以逃脱猎人的枪口。雌羊走后丢下了幼崽，孤独无助，很容易就被野兽和盗猎者抓取了！

没有妈妈呵护的身单力薄的小羊崽呀，你的活路在哪里？我们又一次目睹了你的不幸遭遇。

那天上午，仍然是在楚玛尔河附近的公路边，我们看到了一只被汽车撞伤的小藏羚羊。显然撞后不久，它的四条腿直直地躺在地上，嘴角和鼻孔还不时地往外冒血，身体保持着余温。我实在不忍心看着它就这样半死半活地躺在荒郊野外等死，就建议把它抬到不远处的索南达杰保护站，赶紧抢救，说不定还可以让它活过来。于是我们手忙脚乱地又是抬的又是抱的把受伤的小羊往屋里折腾。谁知还没有等我们进屋它就咽下了最后一口气。没有救活这只藏羚羊，我的心里难受了好些日子，一闭上眼睛它那可怜兮兮的惨景就浮现出来。

据保护站的同志讲，来往于青藏公路上的汽车，常常会压死、撞死藏羚羊。这是很无奈的事。司机无奈还是保护站无奈或者藏羚羊无奈？说不清楚。动物虽然也有灵性，但毕竟不像人那么长心眼，尤其是那些出世不久的小藏羚羊，傻里傻气，它们看到公路上跑着的汽车很觉新奇，一点儿也不害怕，甚至会情不自禁地特意停下来，用疑惑的目光看这个从来没有遇到过的庞然大物。淘气的小东西有时还要和汽车赛跑，比比谁能跑在前面。逗你玩！不少藏羚羊就是这样丢掉了性命！当然受害的还有其他动物。为此，我们在楚玛尔河一带加强了巡查力度，提醒过路的司机这里是藏羚羊多年来自然形成的一条通道，汽车开到这儿务必减速慢行。大多数司机能听我们的招呼，为藏羚羊让道。却也有个别司机仍然大大咧咧地自行其事，飞车照开不误。撞伤撞死藏羚羊的惨痛之事时有发生。

看来，为了保护藏羚羊的安全，我们这些志愿者还得下功夫继续做工作，让更多的人自觉地和我们一起成为可可西里的卫士。很快我们就在藏羚羊经常通过的路口，用木板制作了一批警示牌，上面分别写着这样的警语："藏羚羊是人类共同的朋友，你要善待它！""司机同志，让藏羚羊从你的车前安全通过！""手扶方向盘，心想藏羚羊！""可可西里是藏羚羊的乐园，作为藏羚羊的朋友，你使它快乐了吗？"等等。

警示牌上的这些字都是出自我的手。我是指牌牌上的字，写的字，而不是内容。你还别说，写得蛮苍劲的，撇似刀，捺如弓，真有那么一点警世醒人的味道哩！在学校里，我的毛笔字是很臭的，这是艳红爱意的评价。她总认为我写的那些字缩手缩脚的伸展不开，像怕冻着的蚂蚁。所以过去我从来不在大庭广众之中露我的毛笔字，惟有在给艳红写信时才拿起毛笔，我就是要臭她。她呢，也乐于接受这臭。来到可可西里，我是这批志愿者中唯一的大学生，大家眼里正牌的知识分子，平时起草个简报、写个保证书什么的，非我莫属。写标语牌自然也是我的事了。也许是没有可比性了，矬子里面拔将军。也许是站在世界屋脊上写字的缘故吧，我真的有那么一股无以伦比的自豪感，总之我是放开了手脚去写，提笔洒墨，成行而已。那些毛笔字写得还真有豪气的，好苍劲！我在大家面前绝对地露了一手，过去没有机会施展的书法才华！

　　好些天没有给艳红写信了，今天一定要写封信，心里有话要说。我很愉快地告诉艳红我写标语牌的事，我说我进步了，毛笔字写得溜儿溜儿的利索。不信么，你看看这封信，用毛笔写的这封信。这是我来可可西里后第一次用毛笔给她写信，我在信的最后写道：你不是说我的字臭吗？现在看看，闻闻，不但不臭了，还挺美呢！可可西里美！

　　这仍然是一封发不出去的信。静静的夜晚，可克达拉草原上只留下琴声，可是可可西里却没有琴声。可克达拉——可可西里，都是可字开头，然而情况却是那么的不同！我的耳畔又响起了那支带着伤感心绪的歌：

　　………

　　想给远方的姑娘写封信

　　可惜没有邮递员来传情……

　　告别可可西里之前，我和南武还有一次长谈。当然是我读完他的这些手记之后。

　　我俩静静地坐在志愿者的帐篷里。

　　他给我讲了一个小故事。他说是昨天刚发生的故事，明天他们就要离开可可西里，返回老家了。

　　他说，那天他们巡逻到了一个很远的地方，半沙漠半荒滩的丘陵地带。路很难走，很是磨缠人。走了两个多小时也没有走出去，却意外地发现了一顶盗猎者的帐篷，人不知去向。他们在四周搜寻了半天，也没见到一个人影。看来是盗猎者遗弃的帐篷。当时他们口干舌燥，疲累至极。每个人的水壶早已腾空，拿出压缩饼干，口干得难以下咽。随同的藏胞兄弟阿旺扎西用"挖坑埋饼"的办法为他们解了围,他将饼干分成四摊,每人一份,让各人包在手绢里,然后就地挖坑埋下。他们又去巡山了。两小时后他们返回原地,这时埋在土坑内的饼干已经浸湿。他们填饱肚子又解了渴。

南武的故事讲完了。他不再吭声,我直纳闷,他为什么要讲这么一个故事?

讲完故事的南武若有所思地停了好一会儿,才说:"我和艳红的事到底会是什么结果,我当然盼着重归于好。我的等待是诚心的。我总是这样想,我到可可西里闯了这一个月,就像把我俩的爱情埋入湿润的地内,让那快要干枯的枝叶得以滋养。双方趁这个暂时分别的日子都静下心来认真反思反思,毕竟我们已经相爱了两年,难道就那么轻而易举地失去对方?可可西里为什么一定要成为我们爱情的不可逾越的鸿沟!"

我听出来了,也看出来了,南武很在乎艳红,爱她爱得很深。就连可可西里恶劣的自然环境在他们的爱情面前也应该退让三分。当初艳红不让他来可可西里,那已经是过去的事了,他不相信当他从可可西里回来站在艳红面前时,她不改变态度。可是他毕竟是个受到爱情伤害的人,心有余悸,举步维艰,三思而后行。问题的实质还是他的心里对艳红没有数。迷茫的人呀,他的前面仍然是一团让他捉摸不透的云雾!

我理解他,给他也讲了一个故事——

"这个故事同样是讲埋在土里的事,只不过埋的不是压缩饼干,而是种子。"我说,"考古学家曾经在汉代古墓中发掘出一瓷罐种子,好几样,麦,花草等。这些种子竟然保存完好没有退化,科学家试着将其埋进土里,没想到它们奇迹般地发芽了。生命就是如此执著!"

南武显然被我说的这件事震惊了,他望着我,却不说话。我说,泥土不会把种子腐烂,因为泥土里有水分有养料。我想你和艳红的爱情种子也是不会烂掉,因为有你一颗没有枯萎的感情,还有艳红教你唱会的那支《青藏高原》的歌。这些犹如灯盏,让人仰望,终究会有光芒。

南武用心地听着，不点头，也没摇头。

他说："我实在不情愿看到因为我来可可西里当了一回志愿者，我心中的爱情大厦就轰然倒塌。爱上一个人是不容易的，如果是刻骨铭心的爱就更不容易了。同样舍掉一个所爱的人也是不容易的。我们要是把爱情中的男女比作左右手，痛心地砍了其中任何一只手，最后到头只能装上假肢。要让这个假肢长出新鲜的嫩肉恐怕是很难了。受伤害的是双方。不要总把爱情说成儿戏，总把婚姻说成坟墓。有感情有基础的爱情也难免不经过曲曲折折峰回路转的时候，但只要有爱就应珍惜！"

我咀嚼着南武的话。他来可可西里时带着对姑娘难以割舍的心情，离开可可西里带着一沓无法发出的信，同样是难以割舍的心情。"我真的不能相信她会无动于衷！"这还是南武的话。他在爱河里陷得太深了！这好吗还是不好？我想，起码不是什么坏事。爱，这正是南武走上可可西里和到了可可西里有所为的动力！他总是在渴望，渴望把一捧雪放在茶炉上煮得滚烫，芳香，与另一个人分享。可是往往苦与香都是他一人独享！

后来，我从可可西里回到了北京，常常想起南武这句话，想想我从来未见过的那个叫艳红的可爱而又任性的姑娘。如今，爱情在金钱面前变得廉价了，我总觉得南武和那个艳红不会这样，也不应该这样。他们的过程已经很苦了，结局为什么还要再苦呢！

今夜，京城的春夜，意外地落雪。除了雪还有风。雪跟风搅在一起，才能飘向远方。

远方，雪山顶有一轮谁都看得见的明月。

2005 年夏至 2009 年夏

可可西里——北京

西藏驼路

如果你一定要问我，在西藏什么样的苦最使你难以忘怀？

我就回答：夏夜的月亮。贫瘠的土地上吃不饱氧气，星星也一样的苦。

如果你还要说，苦的时候你就看太阳。

那我就回答：西藏的太阳也一样的苦。暴风雪之后的太阳能有多少温暖！

你什么都不问了，那好，我就介绍你认识一个人。你冷的时候看这个人，苦时你也看这个人。

我永远都不会忘记这个人，就像父亲坟头上的青草，就像你无法征服的雪山让你留下终生的伤疤。

这个人在我脑海里盘绕了几十年，我一直不知道如何把他说破。此人叫慕生忠，一位开国将军。好些年前，总该有 12 年了吧，他在一杯浓烈的酤酒后已经老去，只是把他最早在世界屋脊上点燃的篝火留在西藏上空。如今，记得他名字的人很少，但是知道他故事的人却很多。

此刻，在我回首他的时候，才感到我已经老了，但我还活在他的光阴里。我怀念他时的感情很复杂，不仅仅是难忘，应该说这是个痛楚的时刻。我真真切切地觉得我像将军一样在和死亡拥抱。他走了一生，还没走出青藏的山。他几乎忘掉了回头是岸，死后也要儿女把骨灰撒在昆仑山上。骨灰落地在昆仑山，重重的一个坑，多么深的一个坑呀，就像父亲离去，在我心中突然空出来的那个位置。我无法抗拒，随他其后，提着他点燃的那堆篝火，寒夜里继续在雪山上奔走。在世界屋脊上，西藏离云那么近，我随手抓了一把云，都能嗅到他汗味的芳香。因为这云慕生忠曾经攥在手心里。哦，我的三月的京城，又一次被驼铃摇响……

共和国诞生的第 4 年，那个北风紧吹、天空布满灰沉沉乌云的隆冬，慕生忠用一身单薄的军装裹紧显得有点精瘦的身体，迈着憧憬西藏明天的步伐，从青海湖边那个只有几户土著人家的小镇香日德，踏上了给拉萨运粮的漫长征途。我能想象得出，那个时刻他的心头肯定怀着壮志凌云。同时我也敢说他是做好了另一种思想准备，自己的生命也许会结束在这次长途西征中，他的脚印将在一片泥沼中闪烁着最后的光彩后而沉没。如果不是这样，他为什么在北京领受了任务返回兰州之前，特地进了一回大北照相馆，照了一张照片。这个举动看似临时动意实则是军人的职业意识。他加洗了一摞照片，颤颤地拿在手里，分送给几位要好的战友。亲人免送。

每个得到照片的人，听到的都是他同一句话："我如果死在了那个地方，这就是永久的留念！"

不能说这是忧伤，更多的是悲壮。他是个军人，马上要去一个很陌生而又是险情四伏的地方开辟新的战场，前景未卜。他当然渴望叫醒黎明，可是当黑暗压来时他绝不会低头。战场变换了，他脚下的路会照样活跃。军人的高贵就在于身上凝聚着摧枯拉朽的锐气。

接到照片的人全都不说话，在心里默默地为他祈祷。

如果慕生忠死了，纯属正常；可是他活下来了，这是奇迹。不是那个陌生的世界对他格外仁慈，而是他坚决不与那个世界妥协，即使倒了下去也不妥协的那种韧性的昂扬。

慕生忠执行的任务史无前例，是应该记载在共和国历史上的一段重要里程：给西藏运粮。刚刚成立的西藏运输部队，他担任总队政治委员。

拉萨断粮了，粮荒。

西藏向北京告急！

当时，和平解放西藏的部队三万人有余。不说别的，光每天吃粮就需要四五万斤。西藏本土就是挤破地皮也长不出这么多粮食。还有中央驻拉萨党政机关的吃粮全靠从内地运来。中国不产汽车，西藏也不通汽车。空中更是禁区。名符其实的一座孤岛！只能靠骆驼、牦牛，还有骡马运输。主要是骆驼，渴不死的饿不死的"戈壁之舟"骆驼！

脚跟还没有完全在西藏站稳的军队和机关人员，勒紧裤腰带吃饭。每人每天只供 4 两粮。4 两，壮汉子塞牙缝也许够了。

一些反动分子，此刻得意的连鼻子都翘起来了。他们张扬起了不可抑制的气焰，你买我粮？可以。一斤面一斤银子，一斤咸盐八个银元，八斤牛粪一个银元。爱买不买，要活命你还得求着我买！牛粪是西藏的主要燃料。

中央驻西藏代表张经武在几次大会上，忧心忡忡地说：我们现在吃的一斤面是一斤银子的价，烧一壶开水就得花四个袁大头。要命呀，我们是吃银咽金打发日子的！

就在他讲这话时，八廓街头的那些管家，肆无忌惮地大声吆喝着破嗓子："一个银元买八斤牛粪！"他们的身后是堆积如山的干牛粪。

过于辉煌灿烂的人其下场是烧毁自己。他们以为会困死的人却要挣脱困境。

慕生忠带领运粮的驼队踏上了进藏之路。

准备献身于进藏运粮路上的慕生忠是活下来了，九死一生地活下来了。可是骆驼死了，运粮的骆驼死了不少。据说，当时全国大约有 20 余万峰骆驼，他慕生忠的胃口大得吓人，一口气就从陕、甘、宁、青及内蒙征购了 2.6 万峰。还有部分马、骡子、牦牛。那是从内地第一次如此大规模地给西藏运粮，征购人怀里揣的又是盖着中央政府大印的介绍信，谁还能不把骆驼贡献出来！粮食倒是运到了拉萨，长途跋涉了百余天。粮食耗去近一半，骆驼死了三分之二。赶骆驼的人也有三十多人献身。这是代价！值不值？后来慕生忠一直回避这个问题，说到运粮时他从不提人员的伤亡，嘴唇咬得紧紧的，只字不吐。他只讲骆驼，那也是伤感万分地说呀：

"我就是从那次进藏喜欢上甚至可以说爱上了骆驼。它们是有功之臣，倒下去的也是有功之臣！我一想起那些在半路上死去的骆驼，心里就酸楚得要命。它们死得太不甘心了，它们是多么地想和我们一起走进西藏到达拉萨。可是它们没有等到胜利的那一天就离开了我们！"

说着他举起手背擦着眼泪。我终于明白了，他为什么不讲那些永远倒在进藏路上的同志。那样的回忆会把他的心肋戳得淌血，会让他很苦很苦的。那不是用歌声铺成的路，是用尸体铺的路呀！他说，不堪回首！

在痛楚的阴影里，他热爱光明；在光明的日子里，他珍惜痛楚。我想，如果是我，我也会像慕生忠一样，只讲骆驼不提人。

那些骆驼，那些让慕生忠一生都觉得愧疚的死去的骆驼……

走出香日德不久就遇上了闹心事。从香日德到昆仑山下的格尔木，原先有一条驼道。那是早些年骆驼客留下来的。真佩服那些痴心不改的骆驼客，他们是最早走近昆仑山的人。也许那些开路人为这条路已经把命搭进去了，但是他们毕竟在没有路的地方留下了脚印。如果把这条驼道也可以叫路的话，那么这路太没规则了，隐隐约约，时断时续，如同蚯蚓爬过后又被风吹雪掩了几次。你说它睡着了吧，又仿佛醒着。醒了吧，又似乎迷盹着眼。运粮队沿着它前行，常常走着走着驼路就莫名奇妙地消失了。哪儿去了？谁也弄不清楚。只见眼前出现的要么是砂砾、荆丛，要么是沟坎、山包。每在这时慕生忠就跑到最前面和驼工们一起找路，辨认方向。他说，驼道没有了，咱们就找骆驼粪，那些风干了的驼粪就是路标。跟着它走没错。当然，如果遇到了骆驼的死尸，那也是路标。后来有人就编起了这样的顺口溜："进藏不用愁，骆驼骨头当路标。""远看老鸹，近找骆驼。"

茫茫戈壁，空旷辽远。离开了这条救命的驼道，运粮队绝对会盲目地、悲伤地徒劳无功地走难以计数的冤枉路，以至迷失在戈壁滩。

慕生忠把裤腿挽得高高的，俨然是个普通劳动者，他总是不厌其烦地提醒着出现于他视线内的每一个驼工：同志，记住，一定记住。骆驼蹄印是路，驼粪就是路，驼骨也是路。有了路我们就会走到格尔木，再一直走到拉萨。

他在世道沧桑的经历中，明白了一个理：为什么有些人耗尽一生的光阴，还是走不出波涛汹涌的黑暗。就是因为他们倚着黑暗抛下了远征的帆。眼下，最早开进昆仑山的这些驼印、驼粪、驼骨，就是帆！

他们绕了一个大圈，很大很大的一个圈，谁都以为一直朝着前方走，扫兴的是他们又回到了原地。人都累了，也有些灰心了。慕生忠找了个有河水的地方让驼队停下来，他们要吃些干粮，歇口气，再赶路。骆驼们也累了，乏困地冲着天空打了几个响鼻，然后一个接一个地卧下来。它们也需要松松筋骨了。

年轻人任何时候都不会忘记乐，苦中也要找乐。几个驼工撩着河水，互相用清亮亮的水花扑打着脸，痛痛快快地笑着，朗笑，全然不像困在进藏路上的迷途者。慕生忠也不甘寂寞，没事找事地加入了进去。他拾起一捧水照着回族青年马珍的脸上扔去，说："小马，你看你脸上的垢甲都快结疤疤了，还不趁着这水彻底洗洗！"马珍的脸原本就黑，这些天沙里筛风里吹，黑上又加黑。几个伙伴见慕生忠给他撩水，也就一起乐呵呵地用水花激他。马珍不躲开，任凭别人撩水为他洗脸爽心。巴不得呢！困难什么时候能没有？人还怕它吗？

其实比石头硬的还是石头。

夜的戈壁滩是口大锅底，冷却，空寂。月亮像一只破旧的奄奄一息的灯泡，蒙着一层灰尘发着死光。连地上的一片片陈年积雪也变得像灰烬。几十顶行军帐篷很不规则地撑在河湾，孤独得像失去家的弃儿。惟一堆堆篝火烈烈燃烧着，告诉人们戈壁滩是醒着的。火苗煮着沙粒，煮着随风飘浮在夜空的雪片。骆驼们静站一排，咀嚼着干草，发出有节奏的声响，使人觉得它们是在吃着火苗长膘。寂静的夜，就这样被骆驼一点一点咬破。

不管戈壁有多冷，劳累至极的人们头一挨上作为枕头的大头皮鞋，就抽起了鼾声。每人的脚都伸得长长的，让疲劳还有寒冷尽多尽快地从趾头流走。站岗的人是享受不到这种酣睡的。这是慕生忠既定不移的规定，军事化管理，轮流站岗，荷枪实弹。每人一班，每班一小时。站岗的名单上自然不会有慕生忠的名字，但他夜里总要醒来三两次。太操心，睡不着。有天晚上，他起夜巡查时发现有一顶帐篷被风揭得快倒塌了，同志们还在香香地睡着。他赶紧悄声叫醒几个班长，和他们一起轻手轻脚地整好了帐篷，那些睡得熟透了的驼工们还在睡着，他们根本不晓得深夜里在他们身边滋生了什么温暖的故事。今夜不知道，明天也不知道。慕生忠回头望着整好的帐篷时，听见有人在睡梦里唱歌："妹嫁远方/妹嫁远方/哥走异乡/哥走异乡……"河西走廊乡谣，小马唱的。这小子，做梦想媳妇，尽是好事！

下一岗本该马珍站了，换岗人欲摇醒他，被慕生忠制止了。他说，让过他吧，别打破他的好梦。我批准的，叫这小子好好睡下去！

夜色悄悄地从山脊一条白线似的曙色上滑下去，悄悄地，像脱裤子。天慢慢亮了。

一阵躁动后，长长的驼队又蜿蜒在广袤的戈壁滩上。驼铃带着慕生忠的队伍走向遥远的地方。昼夜不停的高原大风吹折了鸟儿苦难的翅膀，却吹不动不肯死去的运粮驼队。

骆驼蹄印、骆驼粪，还有骆驼的尸骨把运粮队领到了格尔木。格尔木，那时候的格尔木是什么样儿呢？一条河，河里结着冰，冰上覆盖着沙土，根本不像河。没有一棵树，就连那些偶尔长在戈壁滩的荆丛仿佛随时都会消失在黄沙滚滚的暴风中。地面上只有不时蹦跳着的灰鼠什么的，正是这些放肆的小动物把格尔木的春天推翻了。不管怎么说，运粮队到格尔木了。应该说还算顺利，400多公里路，折腾了一个星期多点时间。是吃了不少苦，但是当他们在格尔木河边安寨扎营后，那些苦也随之消失了。

他们要在这儿休息两天。

　　运粮队是自带粮草上路的。那时候只能这样，沿途没有人，即使有人也不会为他们做后勤保障。这一个星期他们几乎吃掉了半个月的口粮。大家体力消耗太大，饭量急骤增加。后面的路程会更艰难，照这样的吃法，弄不好给西藏的粮食没有运到，运粮的人却因为断粮而困死在半路上。慕生忠来到格尔木的第一夜，苦愁挠心，如猫爪揪着，根本无法入睡。这一大摊子人的性命都无法推卸地系在他身上，怎么睡得着呀！格尔木的冬夜，冰雪覆盖了所有的路，空空荡荡的风声，远远近近刀子般闪亮的点点鬼火，是昆仑山千年不变的平静。慕生忠加大了篝火的燃量，也驱不散这个夜晚的寒冷。他忘不掉下午刚到格尔木时看到的一个情景：一只受惊的藏羚羊，从河湾一闪而过，丢下了满目苍凉的河床。这位驼队的领导人此刻始终在考虑今后的路程，考虑在这条路上殊死拼搏的他和他率领的运粮驼队该怎么活下去。

　　冷月高悬，寒星点点。慕生忠望着熟睡的帐篷，望着夜色中那些凝冻了一般的三高两低的驼峰，深感保护这支队伍顽强活下去的重任就压在自己肩上。他虽然不忍心，但还是推醒了熟睡的机要员，立即给北京发出电报，要求上级给他们供粮。电文中有这样的话：只有我们吃饱，才能圆满完成运粮任务。

　　后半夜，当昆仑山的宁静进入一天24小时最深远的时刻，有一只骆驼走完了它一生的历程，永远地倒在了格尔木寒冷的荒原上，正是在下午藏羚羊闪过的地方。这是运粮队出发后死亡的第一峰骆驼。慕生忠是亲眼看着那骆驼断气的，当时他正在巡夜，那骆驼在仰天长嘶一声后，完成了它在这个世界的最后的呐喊，与坠落昆仑山岔的月亮一起倒下。它跑累了吧，饿极了吧，像耗尽了油的灯盏，缓缓地睡去。它死了，睁着一只眼闭着一只眼，静静地躺在冰冷的地上。那失去水分的躯体使它蜷缩得瘦小瘦小。慕生忠跪下身子，轻轻地将它的那只半睁的眼睛合上。平常，总有一些生命被我们忽视，死一头猪或一只鸟，我们可以视而不见，甚至无故地踩它一脚。可是在这里就不一样了，茫茫荒野里，你会不由自主地感觉到生命的脆弱，一只蚂蚁在结束生命时若被你看见，你都会觉得疼痛。可是你却无能为力。正因为生命脆弱才显得宝贵，倍加珍惜。这不，慕生忠为这峰死去的骆驼抹起了眼泪。

格尔木，不是运粮队久呆的地方，在这个冬夜诞生了慕生忠最不情愿看到的孤独和悲伤。他呼天唤地吼一声：苍天呀，保佑我的驼队顺利到拉萨！

失眠之后把天熬白。同时也把苦愁给了白天。

黎明，高原还沉在梦境之中，驼铃就敲醒了昆仑山。运粮队虽然寂寞却又不甘心地一步一步地踏上了征途。

他们驻扎过的那个拆掉帐篷的地方，留下了一堆土丘，新土。那里安葬着那峰死去的骆驼。它的尸体完完整整地掩埋在里面。这是慕生忠的主意，他说，战友死了，我们要给它找个安身处。他总是称骆驼为战友，无言的战友。下葬前，他才发现骆驼的前腿上有块伤口，结着血痂。他对卫生员说，拿来纱布给它包扎好。不能让它带伤走远路。卫生员用纱布包着战友的伤口，一层又一层……

寂寞的骆驼，昆仑山会挑出明月的心做一盏灯，夜夜陪伴你。

寒风漫征途。沿路响着卷在风雪中的驼铃声。薄金属的铃，声音明媚。叮当，叮当……像千年的陈酿，却不知为谁而酿。醉着路旁的每一片荒滩和冰川，醉着天空中的每一片云彩和飞鸟。铃声响过，没留下一丝痕迹，只有出远门人对故乡远远的思念。

天空，戈壁，草原，像干净的灵魂。越来越大的风把遍地的尘土吹起，夹杂着砂粒、雪团，抽打天空、戈壁。天空不再朗晴，戈壁浑沌一片。只有那结队而行的骆驼，是青藏高原眼下最美的花朵，它用灿烂的力量和光温暖着卧在路中央的每一块石头。沉睡的就让它们继续沉睡，飞舞的就让它们继续飞舞。驼队一次次过河，河浪上留下铃声；一次次爬山，山坡留下的还是铃声。

这天中午，驼队刚刚翻过一道山岭，前面突然豁亮起来，呈现出一大片望不到边的草地。疏朗、明远、洁净。山巅远雪，明晃晃地把原野推向前台，天上的白云仿佛成了羊群。山是油画，水是油画。一幅幅近似海市蜃楼的画带来了宁静中的活力。

活力？那是考验运粮队的陷阱。油画是草滩中的泥沼地！

进到草地还没一个小时，一场暴雨就劈头盖脑地砸了下来，满世界密密匝匝的雨丝，人连眼睛都睁不开，整个脸仿佛在雨水里泡着。人根本无法迈步，只能原地站着不动，任凭暴雨冲打。骆驼，还有骡子、马，赤条条地站在风雨中，它们的背上流淌着一条又一条小溪。小溪犹如一条条毒蛇，伸着长长的舌尖肆意地窜着。驼们骡马们开始暴躁起来，叫着。还好，暴雨很快就过去了。队伍继续行进。这时每个人都成了落汤鸡，衣服上的雨水还在掉线线似的淌着。慕生忠笑说，我是老落汤鸡，带着一窝小落汤鸡。

那些泥沼地里的水潭很是狡猾，大都深藏不露地匿于草丛之下。看上去明明是一棵草或一丛草簇，你甚至能看到草根处板结的咸土。可是当你踩上去后，糟！迈出的脚扑哧就陷了进去，这时惊慌失措的你必须抬起另一只脚，准备拔出那只陷下的脚。就在这一瞬间，身体重量集中到了已经落陷的那只脚上。此时你更加失魂落魄，不知如何办时，那只抬起的脚只得落地。得！整个人就陷了进去。谁也弄不清那泥潭怎么就那么深，仿佛没有底儿似的，人越陷越深。如果有人去救落陷者，便一起陷了进去……

最初有几个同志落入泥潭后，还有人去抢救。其结果无一例外地双双落陷。慕生忠着急了，好像烈火烧着了眉毛似的狂叫着："不能救了，送死！"最先走进泥潭中的人还有三两个人的小半个身子露在泥水上面，他们拼死般挣扎着，呼喊着救命。有人实在不忍心眼瞧着日夜相处的同志就这样被万恶不赦的泥潭吞没，便挽袖握拳地要扑上去搭救，慕生忠上前给了那人一拳，使之击倒在地，他吼道："你不要命了，你！死一个人还不够，要把你也搭进去？"那倒地者是个小伙子，他砸着脑袋痛骂自己："我无能，我是个废物！他和我是自小耍大的乡党，这次出来前我们双方的父母再三叮咛要我们互相照应！我无能！我一个人回去怎么向他的父母和我的父母交待……"

慕生忠怎么受得了这种比刀尖戳心还疼痛的感情的打击！他上前抱住被他击倒的那个同志，一起嚎哭起来……

队伍停止前进，清点人数。

一共有 14 个同志陷进泥潭。连尸体也无法找到。

那么多的同志在草地上不能自控地疯了似的跳腾着，为死去的亡友，也为自己的前程。他们都泪水盈眶地向远方凝视。不能再这样死去了，已经有 14 个同志献出了生命，现在活着的人还面临着随时可能死去的威胁。无论如何不能让泥潭这样的凶神不明不白地戮杀生命了！

一盏灯如果熄灭，在它熄灭前要设方想法取出它内心的光芒，变成投向黑暗的一把锋利的刀刃。慕生忠站在草地上对大家说了这样一番话：第一，我们大家要擦干眼泪，把永远留在这里的同志安葬好；第二，我们不能在迷途中昏迷不醒，大家都要活着，好好地活着，再也不许泥潭欺侮我们当中的任何一个人了。只要我慕生忠还活着，你们就不会死！我保护大家，大家保护我。

泥潭旁边的草地上留下了 14 个用草皮堆起的泥丘，那就是那些献身的同志永远的归宿地。他们从遥远的地方来，又留在了遥远的地方。很寂寞又无奈。让太阳给他们温暖吧，叫月光轻轻地拍着他们长睡吧。慕生忠派人好不容易才找来了一块木板，在上面写下了所有遇难同志的名字，插在了他们的坟旁，就算是一块合葬碑了。之后他喊了一声"一——二！"大家逐一喊着死去的同志万岁。听得出好多人是噙着泪声喊"万岁"的。

离开时有人抓起一把坟土，攥起，装进了口袋。这会成为他西进路上的精神干粮。

运粮队又向前行进了。为了不再鲁莽地走入泥潭，他们特地派几个人先走一步在前面探路，选路。还有，每个小分队都准备了随时救人出泥潭的绳子。以后几天，再没有死人，伤人的事倒是发生过几次，随队医生给伤者包扎包扎又前行了。

死神仍像烟雾一样飘荡在进藏的征途上。

该牲口遭大罪了。特别是骡子，在泥潭里几经换气最终仍免不了一死的还很多。瘦驼碎蹄，衰骡苦嘶。多少年后，慕生忠在许多场合给人们讲到牲口在泥沼地苦苦挣扎着死去的惨景时，多次哽咽着讲不下去。戳心的疼呀——

"马是驮着人过泥沼地的，有人在它的背上指点路线，凭它的机敏和灵巧，总可以和人一起安全走过一个又一个险滩；骆驼虽然笨重，但腿长，蹄掌厚而坚，它有肥宽的躯体，再加上其顽忍的毅力，即使陷进泥淖，一不会没顶，二可以刨腾着挣扎出来；牦牛呢，在这泥沼滩里真正显示了它那'高原之舟'的美称是当之无愧的。它的腿虽然短，可那天生的像帆船一样的肚皮，使它在泥水里漂浮起来，其他动物就望尘莫及了。还有它肚皮下那些密而厚的长毛，也能帮它走出泥沼地；惨不忍睹的是骡子，它们最令人同情了，死亡数很多。骡子的躯体瘦小，腿细蹄又尖，一踏上深处的泥淖就非陷进去不可了。在过泥沼地之前，我们也想到了骡子可能会遇到的麻烦，就有意减去了它们身上的驮物。没想到这样也不行，它们一陷下去就没救，实在没办法！那些日子，看着骡子一批又一批地在泥滩里送了命，我不知暗暗流了多少眼泪。骡子、骆驼都是我们无言的战友呀！"

慕生忠的心情当时无法平静，过了多少年后还是无法平静。骡子的惨死，疼痛了他一生！

运粮队的人马只要没死绝，他们的脚尖就永远朝着前方；慕生忠骨头的光芒只要不灭，他就始终坚强得像19岁。活着的灵魂比死去的更辉煌。因为他们肩负的是不朽的为西藏送去春天的灿烂使命。

驼铃寂寞地摇响在茫茫青藏大地。耳畔只有夹杂在铃铛间隙中寒风的叹息。

太阳跌进沙坑，只见一块蛋黄在雪原弹跳。又是一天被驼蹄踩碎，将要迎接的又是一个驼铃声中的黎明。

人马小憩在一条小河边。

骆驼静站着，瘦弱的躯体在蓝天雪原的映衬下，更瘦，更弱。

骆驼继续瘦下去，它们的四蹄踩在时间的键钮上，只要没有到达终点，困难就随时相伴。

接下来的路，泥沼是没有遇到，却有新的难题挡道。他们面前展现的地域全被冰雪结结实实地覆盖着，这是亘古至今的生物禁区，基本上看不到人家。偶尔见到一个牧人，远远地站着，用疑惑生硬的目光瞅着驼队，一个个蓬头垢面，很像野人。冰雪世界的出现，使骆驼遭到了极大的灾难。带的粮草吃完了，但沿途很少有草。好不容易碰上一片草滩，覆盖着一层雪或沙石且不说，那些草枯黄败落紧扒着地面，骆驼很难吃到嘴里。因为骆驼的腿长，习惯在沙漠中吃高草。青藏高原上的草，又矮又稀，骆驼啃不上，弯下脖子死啃也啃不上。总得吃草呀，要不怎么活命。有的骆驼只得半卧半跪地啃草吃，真难为它们了，草料奇缺，不少骆驼很快就掉了膘，瘦成骨头架子，倒了下去。慕生忠后来多次说，那些骆驼临死时的凄惨情景令他终生难忘，他形容说"我一想起来心酸得像硫磺烧了一样疼痛"。倒下去的骆驼已经筋疲力尽，拼着死劲挣扎也撑不起来了，任驼工们使出多大劲死拉活拽，都起不来。驼工们实在不忍心让它们永久倒下，便纷纷凑过去七手八脚地帮着或拉或掀骆驼，不行，还是起不来。无奈，他们只有狠心使出最后一招，将这些骆驼身上的面粉还有其他行李都卸下来，分担给别的骆驼，准备扔下它们，赶路。尽管人和骆驼的粮草都极其短缺，在这离别之际，驼工们还要匀出一把粮留给这些奄奄一息的骆驼。他们伸出颤颤的手，拍着骆驼，把粮放到它们嘴边，却不说话。也许骆驼再也无力吃东西了，但驼工还是要留给它们一点吃的。人和骆驼一路同甘共苦走来，分手像割心头肉一样难舍！

驼工依依不舍地扔下那些无法同行的骆驼，继续赶路，一步三回头，泪水洗面。可怜的骆驼们显然已经感觉出主人要遗弃它了，便使出最后的力气叫着，仰头朝天嘶叫，凄惨惨的泪叫，一声比一声凄凉。有的竟然扑腾着站了起来，却立即又倒下，摔头拌脑地惨叫不息。主人不忍心了，又返回去抱着骆驼痛哭起来，再次掏出兜里自己分得的省吃下来的那点干粮喂给骆驼。这回骆驼倒张嘴吞去了干粮，但却无力嚼咽了，只是流出了长长的干涩的眼泪，眼泪……

骆驼痛苦的挣扎声，在驼工缓缓前行的脚步声中扭动。

被遗弃的骆驼，过了几天有的竟然奇迹般缓过了劲儿，自己站起来了。也许是主人留下的那点干粮救了它们的命，也许是苍天有眼使它们死里逢生，总之它们活过来了。驼队远去了，它们只能孤独无助地在草滩寻草吃。其实那是在寻找它的主人呢！这时如果被后面运粮队的人碰巧遇上，就会把它们牵上，让其归队。它们重见主人的那种场面才让人感动得痛哭流涕。它们像跑丢了的孩子找到了娘，依偎着主人凄惨地叫着，声音沙哑地叫着，还不时地用头抵抵主人伸过来的手，是亲匿与主人的重逢还是抗议主人对它的遗弃？主人也抑制不住流着泪，用嘴亲亲它的耳，用头顶顶它的眼。此情此景，让所有看着的人都心酸得把视线移开，望着别的地方沉默起来！

当然，像这样第二次归队的骆驼毕竟是个别的了。也怪，这些从死亡线上再生出来的骆驼，后来再没有倒下去的，一直走到了拉萨。动物也像人，有了一次痛苦的磨炼，它们就变得坚强了。

不仅骆驼遇难，这时又开始死人了。

沿途天气酷寒，人体需要的起码营养又跟不上，大家的抵抗能力消耗太大。再加上高山反应残酷无情地摧残，运粮队员们的体质普遍下降，不少人病得走起路来摇摇晃晃，那样儿随时都可能栽倒。但是还得走，只要有一口气就得走下去。坚持脚尖朝前绝不后退，一直到达拉萨。毕竟人的体力有极限，总有一些体弱多病的人无法坚持到底，倒下去了。他们走着走着就倒在骆驼前面，再也起不来了。骆驼见主人倒下，也不走了，静静地站在主人身边好久。它们不住地用鼻子喷主人，但是主人已经死了，没有任何反应。灵性的骆驼显然感觉到了不幸，就围着主人转起圈来，还不时地拉长声音嘶叫起来。主人还是没有被唤醒。

运粮队死人了，几乎每天都有。慕生忠呢?

他跪在死去的同志身边，用拳头砸着自己的脑袋，反复地说着一句话："你为什么要离开大家呢? 我怎么就这样没有本事，不能使你死而复活……"

有人把慕生忠拉扶起来，他擦干眼泪，说：把同志扔下不管这是伤天害理的事，我们做不得。这里荒天野地的，什么样想象不到的事情都可能遇到。我们要让死去的同志跟上队伍一起走，找个地方让他们安身。

收尸队就这样成立了。

运粮队抽出十峰骆驼专门驮运同志的尸体。慕生忠决定，负责照管运尸骆驼的人可以享受队长的待遇，每月发35元的工资。这是运粮队当时最高的工资。运尸体整天跟死人打交道，需要胆量这当然是毫无疑问的了，但最重要的是感情。白天还好说，把同志的尸体捆绑在骆驼身上照看好不丢不损就是了。晚上到了宿营地，人休息，骆驼也要休息，就得把尸体搬下来，集中放在一个地方。怕野虫虫什么的伤害同志的尸体，还得有人站岗。第二天再把尸体一具一具地搬上骆驼。按说给死人站岗，是很阴森的事情，可是大家争着抢这份公差。每天慕生忠有两件事要做，一是在午夜时节他要起身看看同志的尸体，也就是查哨，一旦发现站岗的人有疏漏或出现其他问题时，他会立即安排妥帖。二是清晨给骆驼上搬运尸体时他要亲自点数。他说：同志死了，我们要保证他们不掉队。这就要靠我们这些活着的人费心地照管好他们。

这趟运粮任务中，有近30位同志献出了生命，包括掩埋在草地上那14位同志。来年春天，他们返回来时，又把那14个同志的尸体挖出来，一起运到格尔木。还好，天寒地冻的日子，尸体无一腐烂，这是慕生忠最为欣慰的。回到格尔木的第二天，他就带着几个同志，步行三四里地到了格尔木以北的荒郊野外，在紧靠察尔汉盐湖的地方选定了墓地，把同志掩埋在了荒滩上。虽然当初每具尸体都写着姓名，因为数月来在途中搬上搬下，颠颠簸簸，大部分尸体已经无法辨认了，和名字对不上号。最后慕生忠出了个主意，把所有死者的名字写在一块大木板上，这又是一块合葬碑了！这块合葬碑就是后来格尔木烈士陵园的起始地。到了2005年夏天，我回到格尔木时这个陵园已经掩埋了近800名献身的青藏线官兵。说是陵园，其实没有围墙，也无人管理，那些没有排列规则、大小不一的坟堆把墓地伸展得一年比一年扩大。当初立在各个坟前的木板碑绝大多数已被岁月的风尘荡平，诸多的烈士都成了无名死者，有人说这片墓地有上百亩，也有人说二百亩也不止。说它是世界上最大的无名烈士墓地，或许不过分吧！

据说90年代初，慕生忠重返青藏高原，他仍然念念不忘当年掩埋在察尔汉盐湖边的运粮队的同志，提出要去祭坟。可是当别人告诉他那里眼下掩埋着六七百名英烈时，他沉思许久，嘴里轻轻地说：六七百名，这是战争年代一个团的兵力呀！最终他也没有勇气迈进那片陵园，80多岁老人的身心难以承受打击呀！

驼铃的叮当声像冻凝了一般，响在藏北无人区的旷野上。行进虽然缓慢，但是大家没有想到的是，自从艰难地翻越过唐古拉山进入藏北地界以后，他们走起路来反而不那么吃力了。原来在逐渐靠近拉萨时，海拔高度趋于变低，氧气也随之增多了。很早的年代出现于拉萨至那曲镇之间的那条时有时无的驼路，使已经筋疲力尽的他们的体力得到了稍许缓解。

四千里征途上，唯一不倒的是驼铃声。

叮当，叮当！有时凝重，有时轻荡。凝重时正爬雪山，轻荡时跑在戈壁。

摇晃着稀疏的星星，夜宿那曲镇；

掺杂着此起彼伏的吠声，清晨从当雄起程，又开始了新的一天；

黄昏里，羊八井的炊烟被驼铃拴住，今晚静卧山畔的驼队驮满望乡的目光。

拉萨河畔。途中小憩，这是北行最后一次小憩。

朴素的河滩草地上，阳光酥酥，风儿徐徐。遍野透着自然、古老却又是初显开放的生生气息。一座索道桥拱着弯弯的腰身摇摇欲坠地卧在河上，有二三藏民大步过桥，颇有几分义无反顾。他们是冲着这长长的驼队而来，好奇，看热闹。

一路上一直只是闷着头踏着铃声赶路的骆驼们，此刻也知道该释放数十天来沉积的劳困，换上另一种活法了。它们在草地上互相追逐着，嬉闹。当谁也追不上谁时，便停下来一字排开，锣齐鼓不齐地嘶叫起来。之后，许是闹腾困了，骆驼们安静下来，开始吃草。它们把阳光驮在背上，把藏村驮在背上。多少天来少有的明媚阳光把骆驼身上的毛照映得柔美亲和，暖暖地让人舒坦。徐徐而吹的拉萨河谷的风，把驼群及它们的风景剪成一幅幅美丽的图影，贴在倒映河面的蓝天上，好爽美！

当然，还是这些赶骆驼的人最知道在这样一个接近胜利的时刻，把一路上的疲累和积疾甚至抱怨，甩在走进拉萨前的最后一次歇脚里。这会儿，他们有的仰面朝天躺在草地上静静地望着蓝天上的白云落入怀抱；有的站在河边，望着清沏的水面把自己泡在河水里；有的在一个不被人注意的角落里偷偷流泪，悄悄自言自语着别人听不见听不懂的思乡怀人之心语……慕生忠了解每一个人，理解每一个人。因为他知道大家也了解他也理解他。他大步流星地走着，几乎走到分散在各处的每一个人的跟前，诚恳地甚至是带着央求的口吻说：

"马上就到拉萨了，这是我们完成运粮任务的地方，咱们总不能脏兮

第二辑 藏汉情深

今地去见拉萨吧。别的不说了，大家先洗洗脸，在拉萨河里痛痛快快地洗把脸，干干净净地进拉萨!"

没有人不听慕生忠的劝告，一个个都把头埋进河水里洗脸。扑噜扑噜……

拉萨河谷一片撩水声!

2006 年 12 月再改于望柳庄

拉萨黎明前的篝火

　　人的心情不会也不可能每时每刻都绿着，开满鲜花。很难预料也许在一个良辰美景的早晨，有一片枯叶不期而至地飘进生命，使你丰盈的日子突然变得瘦弱。于是你的心投宿一根寒枝；想到风，风吹你身，想到枝，枝摇你心。其实，别认为这是煞风景，那是让你咀嚼生活，关注人性。我相信此时的你，会从人的内心最柔软的部分发出信息。

　　我不能不想到那年在拉萨的遭遇。它带给我戳肝裂肺的不愉快，主要不是伤害了身体，而是感情。当时我极不情愿地忍耐了心头的怨恨，才没有发泄。后来是阿尔顿曲克的一场大雪唤醒了我其实并没完全泯灭的拉萨往事。沉默之前我不曾燃烧，燃烧之后留下终生不愈的心头的伤痕。

　　那个还没有走出饥寒交迫的藏家少女啊，你是带着疑惑的目光看你不完全懂得的当时的世界。你此刻在哪里？几十年过去了，跨了一个世纪，你也该是靠 60 岁的老人了，还仇视那天所经历的意外伤害吗？后来我虽有多次去拉萨的机会，却再也没有遇到过你。你的生活无时不在牵着我的心肋。什么是生活？就是生下来，活下去。可是藏族姑娘呀，你的生与死，我当时无法未卜先知，现在也不能确知。

　　在这个静静的京城的早晨，我隔窗西望，天蓝得无边无际，一支笔犹如洞箫，哀哀地横在纸上，遥写着关于你的没有任何情节却让人痛心疾首的故事。我在拉萨留下的不死之痛，只能让爱去叙述。

　　时间：1959 年残冬；地点：拉萨西郊一个杂乱无章的临时军用停车场。

我军正在平息那场西藏的叛乱。硝烟刚断，枪声才息。这是战斗间隙中的平静，山头上哨兵正举着望远镜搜寻。一排排满载着战争物资的军用汽车很不安静地在小憩，几乎每条轮胎上都粘满泥浆。寂静的灿烂，静静的喧哗。

那天黎明，西藏的寒冷继续在旷野上疯长着。我们这些准备把物资运往西藏各地的汽车兵，照例早早地爬出并不热乎的被窝，重复每天必须做却不觉得腻烦的工作：烤车。一堆堆篝火喷着看似冰冷的火苗，摇摇荡荡地燃烧起来了，舔着黑沉沉的夜空无力地吹着。冻着一层冰霜的大地依然不动声色地僵在原处。冰渣地面落下几粒火星，慢慢地灭去。我的忙碌是全方位的，一会儿钻到车底下拧紧每一颗松了口的罗丝钉，一会儿爬到发动机旁测油量水，一会儿又攀上大厢检查承运物资。出车前的准备工作我必须做到丝毫的误差都不能存在。寒风亮着刺人耳膜的噪音狂吹着，袭击得我的双手僵硬，浑身打哆嗦。车下由我亲手生起来的篝火似乎与我无任何关联，我虽然围着篝火忙这忙那，却没有任何温热的感觉。我知道，这个时候的寒风并不是西藏冬天的尾巴，而是它冬季的开头。天气确实出奇的冷，我只要把篝火送给汽车就心满意足了。烤车，好像在雪地里刨个坑，给汽车埋点温暖。

"烤车"这个名词肯定在辞海里查不到。不必说今天的中青年人对它十分茫然，就是相当多的汽车司机也未必能说清"烤车"是如何的艰辛。在还没有喷灯可以给汽车输送温暖的年代，"烤车"是另一种必不可少的存在，无人去怀疑或可以撼动它。那是在"文革"前尤其是 20 世纪 50 年代，高原汽车兵把"烤车"当成家常便饭，每天必须重复去做。当时国产汽车还不知在哪位工程师构思的图纸上"怀胎"，中国的每条由马路改制的公路上稀稀落落跑着的都是破旧的进口汽车。驻扎在青藏公路沿线的几个汽车团，都是驾驶着二战期间淘汰下来的德国"大依发"载重汽车，执行进藏运输任务。这种车进来时大都没有电瓶，我们自己一时又不会制造，所以相当多的车的启动机形同虚设，每天出车都靠拖车发动车。"烤车"便是拖车前一项必不可少的程序。

深冬，青藏高原的气候酷冷时可到零下四十多度，我们在这种环境里承受的奇寒袭击，不亲临其寒的人是很难以想象得出的。有人形容说小解的尿未落地就冻成了冰条，这也许有些夸张，但是每个人的鼻尖吊着一个或两个结成冰的鼻涕倒是千真万确的事实。汽车停驶一夜，发动机内各部位的润滑油都结结实实地冻凝成硬块了。只有把润滑油烤软变稀，车子才可以发动起来。"烤车"便应运而生。

风中的篝火，远远看去犹如站在崖上的的鹰，呼呼啦啦，欲振翅腾飞，却飞不起来。它的翅膀被寒气凝冻了。篝火咬破了夜幕，亮亮地灿燃。仅一个连队就45台车，每台车的油底壳、变速箱和后押宝下面都生着火，可以想象得出燃在静静夜里的一百多堆篝火，是何等壮观！火与风的较量一直不会中断：寒风总想杀灭篝火，拼命地吹着，狂吹。适得其反的是寒风越是扑腾得欢势，到后来篝火竟然越来越旺了起来。给人的感觉整个黑夜都集中到拉萨西郊燃烧起来了。冬夜的精灵！

每天，在风雪路上，颠簸得身子和神经近乎麻木的我们这些汽车兵，只有此刻，当篝火烤热了高原黎明的这一刻，我们仿佛才慢慢地苏醒了过来。偌大西藏的这个小小的临时停车场，因了这一堆堆陡然生起的篝火，出人意料地变成暖融融的世界，好似母亲的怀抱。无数的蝴蝶扑着春天飞来了。我们暂时忘掉肩头的使命，闭起双眼醉醉地让流动的暖气抚摸自己。

真的，我们在忙里偷闲地享受一种纯洁的温馨。尽管这种享受稍纵即逝，之后我们又要没完没了地在青藏公路上奔驰，但是我们知足了。怎能不感谢篝火，怎能不感谢红柳根！

红柳根是生火烤车的木柴。一根红柳，一支会唱歌的篝火。

红柳根是我们从柴达木盆地阿尔顿曲克草原掘地三尺刨挖来的。缺煤少油的年代，那一大片无边无际的红柳滩便无法逃脱地成为我们开发"电、火、暖"的资源。贫穷把人逼向愚昧。只能等待时机忏悔这种蛮性破坏环境生态的行径了。

　　篝火燃烧得最美丽的时刻，也是我们汽车兵心身最轻松的时候。人和车都在积蓄力量，只等连长宣布出车的哨声清亮地一响，一条长龙就立马缠绕着青藏公路奔腾蠕动起来。

　　就在大家等待连长的哨音响起的短暂空隙，我们的班长"篓子"（我始终没弄明白为什么送他这么个雅号？）把全班 5 台车的驾驶员招呼到他的车前，开了个短会，三言两语，不敢啰嗦。因为连长说过了他的哨子一响，全连 45 台车的轮子都得转动起来。班长说，今天烤车剩下的柴火就不要收拾了，留给这些藏族同胞去捡吧！他们实在凄凄惶惶地让人可怜。班长说这番话时，伸手指点着车场的周围。

　　我们这才看到朦胧的天光下，挤满了一堆堆藏胞，那是准备捡柴火的穷人。刚才夜色太重，我们又是在燃烧着篝火的亮处忙碌着，黑暗把他们藏在了夜的深处，很难被人发现。

　　我的心里涌起一阵刺痛。难得有班长这份怜悯受苦人的心肠。这些躲在夜色中的藏胞，祖祖辈辈用牦牛粪生火做饭取暖，牦牛粪就是他们的春天，就是他们生活的动力。他们已经很习惯用这种酷似"钻木取火"式的方法打发贫苦而单调的日子。我到过几个藏村，看到家家院里的墙壁上都贴满了牦牛粪，房前屋后的草滩上也晒着牦牛粪。我曾经喝过他们热情接待我的酥油茶，碗里浮动着点点牛粪末。但我不能拒绝牧民们待客的诚意，咬着牙将酥油茶灌进肚里。这就是藏家人的生活，世代相传沿袭下来的靠牦牛粪做饭取暖的苦涩生活！我初到藏区的时候，西藏还没有实行民主改革，牧民们继续着苦难、愚昧和抗争。

　　现在，冷不丁地有一堆红柳火欢欢腾腾地点燃在他们的视线内，那种惊喜和向往是难以抑制的。新鲜的红柳火会把他们领进另一个他们从来没有见到的明媚、温暖的天地之中。他们捡拾甚至哄抢我们烤车后剩余的柴火，会得到大家的理解。"篓子班长"拱手让柴火是善解人意之举。

　　班长的短会开完了，许是出于一个业余作者观察生活的习惯，我特地沿着车场周围走了一圈。我看到那些穿着破旧藏袍的牧人，一个个瞪大眼睛盯着汽车下面的篝火。篝火像红牡丹似的燃烧着，还不时爆出噼噼啪啪的声响，牧民的脸却木讷得挤满忧郁而恐惧的皱纹。我不敢多看，忙忙走开……

　　之后，我又心事重重地在连队好些汽车前走走停停地"参观"了一下。战友们都忙着烤车，紧张繁忙，但不知为什么我总觉得有一种一触即发的气氛。每个兵的额头都闪着亮晶晶的汗珠。我想，正是寒夜里的这些热汗，凝固了整个拉萨黎明的奇寒和喧嚷。浑身披着破衣烂衫的拉萨城，疲惫不堪地坐在篝火边，从这些红柳火中取暖。那一刻，我竟然杞人忧天地产生了一个担心：这越燃越起劲的篝火会不会把这个遥远而伤痛着的边城毁掉？其实我真实的想法始终是：巴不得把地球都点燃起来，融化掉这个滴水成冰的寒冬，让天下受寒挨饿的人都过上温饱日子。

　　正是在"参观"的时候，我看到了一个藏族姑娘，往大处推想也不过十三四岁，她蓬乱的头发上落满草屑之类的杂物，双臂紧紧地抱在胸前，哆嗦着，不错眼珠地打量着我。那是一种胆战心惊的眼神，难道她怕我会把她赶走？我很想上前和她搭话，却不知该说些什么。我总觉得几句不痛不痒同情她的话不会减少她满脸的恐惧。她肯定不是一失学的女孩，那时候像这样的孩子在西藏是无学可上的。她哆哆嗦嗦地站在拉萨早春之前的寒风里，只是想得到几枝柴火引来春天。我实在不愿意看到她这样可怜的情形，头扭向一旁，走开了。很不乐意却无可奈何地走开了。

　　在拉萨的这个黎明，我的心里蒙上了黄昏的颜色，脚步很沉心力更沉。

　　大约两小时后，东边的天空开始透出微亮，我们的烤车工作宣告完成。这时急于上路的兵们把残火余柴摔到四周的空地上。正在燃烧的柴火带着光焰在空中划出一道道弧线，在艺术家的眼里，这种摔的动作绝对是舞蹈姿势，可是我的感觉那是百分之百的一种抛弃什么的动作。剩余的柴火带着火与光的弧线刚一落地，那些早就等候的牧民便一拥而上，抢着捡还未烧透的木柴。木柴正冒着火苗，有的还是带着响声的火苗，他们用尽一切办法将火打灭，有些牧民竟然脱下藏袍牢牢地捂在柴火上，这样既抢先占为己有又灭了火苗，一举两得。牧人们终年在荒郊野地过着游牧生活，这些奇特的新鲜无比的木柴将给祖辈千年的藏家人不曾有过的温暖。

突然我听到一声尖细的惨叫，那是切入肌肤的直刺我心肺的声音。只那么一声，很快就消失了。但是它像一粒不开花的种子永久地植进了我的骨髓里。当时车队马上就要上路了，我不知从哪儿生出一股倔劲，宁肯让连长批评我不能准时叫车轮转动，竟然走到少女跟前去探个究竟。我几乎用完了所学到的那几句藏语，也问不出她一句回答我的话。她只是双手捂着脸一个劲儿地哭，那哭声凄惨得叫人心碎。最后还是旁边一位同样也捡拾柴火的年轻小伙子，用半通不通的汉话比比划划地告诉了我一切。他说那女孩叫拉木措，是个一出生就没有父母的孤儿，一位好心的阿妈收养了她，把她抚养长大。现在阿妈病瘫在床上，还未长成大人的拉木措力不从心地担负起了养活阿妈的重担。刚才拉木措为了得到一根红柳柴火，还没等汽车底盘下的篝火熄灭，就去抢拾。有个大个兵满脸的不高兴，竟然飞脚照那篝火猛踢过去，燃着火苗的木棒不偏不倚地蹦在了少女脸上，她惨叫起来，火烧了她的脸……

我当然不可能不知道大个兵是谁，一个连队的锅里搅勺把，又在同一条路上跑车，谁不摸谁的底细！但是我还是给我的战友大个子保住了秘。当时他做那事就我了解的情况比较详细，别的人大都不知道。事后我也没给领导汇报。违心！人大概难免要做违心的事。但是我还是恨大个兵，不管他出于什么动机，有意还是无意，我都恨他。干吗要在可怜得只剩下求一根柴火的藏家少女面前抖威风，逞什么能呀你！我走到少女跟前，说，跟我走吧，让我们的军医看看你脸上烧的伤。她根本不领我的情，仍然双手捂着脸，摇着肩膀，坚决不肯。这时那个年轻小伙子误以为我要永远带走拉木措，便对我说："拉木措什么亲人也没有了，你想把她带走，除非和帮她的那个阿妈结婚……"

听，这叫什么话。我无法跟他们说清楚，只好走了。我的心里不仅拥堵着同情，还有恨。这是真情实话。

谁不知道我们连长秦树刚是条汉子，粗细得当，什么事都做得可丁可卯。他是绝对不会允许那种横行霸道的兵在他的眼皮底下晃悠。当天我们投宿藏北的当雄兵站，他不知通过什么渠道已经把拉萨发生的事了解得一清二楚。他还亮起嗓门叫着我的名字说："你呀，守口如瓶，滴水不漏。这就叫愿为朋友两肋插刀。真佩服你！"我听不出连长是在损我还是夸我，反正我心里挺不是个味。随他去，我还是什么也不告诉他，既然他都知道了，我为啥去赶着拜晚佛！

那天晚点名时，秦连长声色俱厉地狠批了大个兵，当众宣布撤了他驾驶员资格，关了禁闭。我记得很清楚，他对大个兵说，你站到队前来，让大家瞧瞧你脸发红不发红。你他妈的枉穿了一身军装，欺侮藏族农奴，这算什么屄本事！他们是受苦人呀，骑在受苦人头上撒尿你也做得出！你有能耐扛着一麻袋米面翻过唐古拉山，送到牧民家里，这叫军爱民，你懂不懂？

不打人不骂人，这是"三大纪律八项注意"明文规定的。可是骂那些打人的人，没人说他错。秦连长是不轻易骂人的，更没打过人。但他那天发那么大的火，还说了些脏话，大家可以理解。

藏家少女拉木措那声凄惨的尖叫，终生都不会从我耳畔消失。它犹如刀刃从高处落下来割我心上的肉。执行完那趟任务，连队回到昆仑山下阿尔顿曲克草原的军营里，大雪没黑没明地吼了三天。我们无法出车，待命。这雪净化了我心，静思了拉萨的事。良知发现，重新审视自己作为。我闷着头憋在驾驶室里一气写了一篇《情况反映》，详细地记下了在拉萨发生的那件事，还列举了平时我在青藏地区所见所闻所悟军民关系中一些不尽人意的事件。出于一个高原军人的责任感，我强烈呼吁执勤的汽车部队和藏族同胞建立血肉关系。我写的这篇"内参"先在团政治处主编的

《政工简报》上刊登出来了，没想到总后勤部青藏办事处政治部转发了。至今我仍记得转发时编者按语中的一段话（大意）："西藏上层少数反动分子，做梦都想把解放军和汉人赶出西藏。我们千万不要做亲者痛仇者快的事，可怕的是我们自己把自己赶走……"

拉萨跪娘

额纹。

藏家人刀刻般的额纹。

一个驮在牦牛背上的民族的印记。

弯曲于那张古铜色脸庞之上的额纹，你无论任何时候读它，所获得的感觉都是一种近乎令人辛酸的木讷表情。当然，这是初读。如果咬文嚼字多品味一阵子，你就会嚼出惊喜的特别滋味，那种木讷其实是一种凝固了的虔诚。真的，藏家人的虔诚仿佛都刻在那不动声色的、严厉而森冷的额纹上。

这就是我每次走在环绕大昭寺的八廓街上时，看到那些拥拥挤挤地摇着转经筒的藏人的收获。在好长的一段日子里，我很不以为然这个收获，甚至有几分腻烦。后来，当这种收获变成整个拉萨给我留下的印象，而且在别处绝对不会有这种感觉的时候，我的思维一下子升华出了这样一个近乎偏执的结论：我们从所谓现代文明把厕所都装扮得像饮食店一样的都市来到拉萨这条僻巷后，你必须校正自己固有的观念。因为这个充满转经筒的世界里那种肃穆、厚重的气氛，肯定会把你带到一种真心的祈祷与美好的向往相融合的地方，从而你会不知不觉地触摸到周围那些衣着朴陋、表情冷漠的每个人的心里，其实都煮沸着丰盈而纯真的情感。这儿起码没有交易所，每一只裸露在藏袍外的赤褐色臂膀都凝聚着沉重的期望。

暮冬的一个黄昏，牧人们陆续回家。在拉萨西部的狭窄而蓬乱着枯草的小路上，还有最后一个朝圣的老人，满脸刻着如上面写到的那种坚而苍老的皱纹，五体投地向着大昭寺跪拜。她是那么沉寂，那么清冷，边磕长头边喋喋不休，嘴里像塞着一条大舌头。

每一个在寒风中旋转的转经筒，每一位在长路上磕头的跪拜者，都在等待着春天的来到。

友人神秘地告诉我：拉萨人注视着你的同时，也给了你一分清醒的思考。

这话着实让我深思了许久。

八廓街怎么会没有故事呢？它一年年地变老，曾经发生在这儿的故事虽然被一层你无法说得清的薄雾阻隔着，却永远是新的。

1959 年早春的一个清晨，干裂的风吹皱了我的脸颊，我开的汽车像一片没根的叶子，来到了拉萨。在布达拉宫前的贫民区卸车后，我第一次踏上八廓街那沉默着的石块砌的凸凹不平的路面。天空的灰云像铁块一样压着布达拉宫的金顶。平息西藏叛乱的枪声刚停，千年农奴渴盼的结局还在路上，拉萨才从硝烟弥漫中睁开苏醒的眼睛。路边不时地可以捡到发烫的炮弹壳，不知是什么人的靴子已经烧成灰烬仍保持着原有的式样扔在路中央。拉萨街头所有的树都没有发芽，包括大昭寺前那棵每年总是率先冒绿的唐柳。唐蕃会盟碑成了伤兵，搭在上面的哈达、经幡已经残缺不全。

几乎每座藏楼的窗洞里都有人探出脑袋来，不过，很快就消失了。我能感觉出，那蜷缩在阴影里痛楚的眼睛，在探测光明。

八廓街虽然少了平日的热闹，仍然有先是零零散散，尔后簇拥而来的身着藏袍的各式各样的信徒，沿着这条三里长的环形街一圈一圈地摇着转经筒不紧不慢地走着，每个人嘴里照例念着别人听不清但却能懂得的经语。他们的额纹明显地加深了。他们都在寻找什么，却秘而不宣。

这个春天，拉萨所有的节奏似乎被信徒们手中的这迟缓的转经筒摇得放慢了。

　　一辆给市民送水的军车，来不及挽留就走远了。

　　我和战友昝义成夹裹在人群中，到八廓街的拉萨某地方单位去送一份公文。很不协调，在这藏服簇拥的藏族世界里，猛不丁地出现了两方国防绿，非常惹眼。当然你可以说它是呼唤春天的色彩。但是实实在在的后果是它刺痛了暗处多少惊恐的眼睛。那个年代，军人尤其是士兵还不大兴穿便装，我俩只能穿军装上街，而且要带着武器，自卫自然是一方面了，更重要的是为了应付突然情况。八廓街的一切对我都是新鲜的，我只觉得自己应该多长一双眼睛，方可饱览这些陌生而新奇的藏家风景。

　　我从大昭寺正前方顺时针方向沿八廓街走去——这是藏家的规矩。步入街中不到 500 米，一处景致便吸引住了我。只见一根竖立在交叉路口的耸入云天的桅杆，挂着一条条洁白的哈达，桅杆旁点燃着一大堆散发着浓烈香味的火。一男一女两位衣衫褴褛的藏族老者，领着一个显然刚从蓬头垢面中"修饰"出来的姑娘，手摇转经筒绕着桅杆一圈一圈地转，口中念念有词。周围零落着一些藏人，有的跟着诵经，有的呆立不动，还有的索性随两老者转圈。奇怪的是所有的人都闭着眼睛。也许我应该这样猜想，他们把心里那盏早已熄灭的灯亮起来，高高地悬挂在梦里，不到火花闪现决不睁开双眼。凭感觉我看出来了，所有这些人都在为那个姑娘祈祷。

　　我用了"蓬头垢面"这个似乎不妥帖的词儿，完全是想说明这个姑娘很可能是从牧区进城来的。她那被紫外线照成黑红色的脸膛，粗糙的双手以及十分笨拙的走路姿势和很不顺畅的摇经筒的动作，无不透露着乡下人的谨小慎微。与此形成明显反差的是，她的梳妆、衣着、打扮却非常"贵族化"：身穿镶花边的栽绒藏袍，腰系花条长围裙；耳饰、项饰、手镯、指环把她打扮得简直像个金属人似的；她的发型也很特别，三个高高耸起的发髻，呈三角状栽于头顶，每个发髻的顶端都系着一颗圆圆的珠球。三个发髻于脑后编成一根非常漂亮的辫子，长长地垂在身后……所有这些都无法掩饰她牧人之女的原汁原味，反而很让人有一种蹩脚之感。无意间，姑娘那肤浅的目光碰到了我们两个军人的身上，她马上又闭起眼轻摇起转经筒。

我不明白她为什么要这样，更不知道两位老人带着她在做什么。初次进藏，所闻所见的许多事对我都很迷茫。我能挺胸昂首地翻越唐古拉山，却读不懂拉萨的一片枯叶。

我捅捅昝义成的胳膊："你说说，他们在干什么？"

昝说："我还想问你呢！"稍停，他又说："两个走投无路的穷老人！"

我俩止步，凝眸静观这两位老者的形象。他们脸黑，人瘦，眼梢挂满疲倦。藏袍的表面有一层牧场上特殊的烟灰、酥油、牛羊粪之类的污渍油垢。也就是在这一刻，两位老人的额纹给我留下永生永世都抹不掉的烙印。那是什么样的额纹呢？刀刻的没它生动有神，木雕的难像它深邃丰厚。那完成是草原的风吹出来的，雪山的霜打出来的。呵，藏家人的额纹，它比刀尖更耐得住抗击。那是最能代表西藏的完美的标志。

我突然有了一比：他们的脸像一只锈迹斑斑的水壶，从一座藏式楼顶上流泻而来的阳光打在他们脸上，散发出若隐若现的灰光。

我站在人群之外，仔细地看着两位老牧人的动作，那嚅动的嘴唇，那缓慢而有节奏的摇转，那进三步退两步的双腿……

我确实不知道他们在做什么，但是我真的看得很投入。

揭开此事的谜底，是在三年后。那天我坐在临近八廓街一条深巷里东赞杰姆阿妈的地毯上，采访老人时她告诉了我这一切……

竖立在八廓街的那根大桅杆，在藏语里叫"觉牙达金"，意思是给释迦牟尼佛的供奉。它是用三至四根长长的木头杆子衔接起来的。外围密密紧紧地用竹子裹了一圈，竹层的外面又用刚宰杀的牦牛皮包扎着。风吹日晒雨淋，多日后风干的牦牛皮就紧紧地勒住了木杆。你不必担心风会把杆吹倒，它异常牢固。木杆上飘挂的经幡和轮旗，象征佛教的兴旺，代表佛教法律伦理的尊严。据传，藏王松赞干布建成大昭寺后，八廓街就竖起了这种桅杆。这之前，人们在各自的门口堆起石头堆，寄托对佛祖的心迹。

"觉牙达金"既然是从民间滋生起来的神圣吉祥物，那么出现这样的风俗就不足为怪了：姑娘长到成年出嫁的年龄，要到"觉牙达金"桅杆前举行仪式，一是表示姑娘从此进入成年人，二是预祝她今生来世吉祥如意。

我终于明白了，我那年在八廓街看到的那个场面显然是在举行这样的仪式了。让我难以理解的是，看来很贫困的两位老者，哪儿来的钱把女儿打扮得如花似玉？我把心中的疑团告诉给了东赞杰姆阿妈，她听了，脸上罩起了一层阴影，说：

"我们藏家人，不分贫富，在姑娘成人后都要到'觉牙达金'前举行这样的仪式。富家有富家的排场，穷人也有穷人的办法。你看到那户牧民自然不可能有珍珠、宝石或珊瑚，但是他们可以倾其所有为女儿赶制一身漂亮的衣服，做一双讲究的藏靴。至于珠宝什么的无钱添置，便千方百计地找来假珠饰代替，生养女儿一场，这一天总得风光风光！"

春天有时比冬天更冷。

那天，我和昝迈着军人的步伐，挎着冲锋枪走在八廓街上。这完全是执行公务和需要，我向佛祖保证绝对没有威胁藏胞的意思。所以我一再在心里嘱咐自己：放松，必须放松！然而，难以改变的军人习性，仍使我挺胸昂首地在人头攒动的藏家人中穿行。就像自己看不到自己的脸一样，我并没有十分清醒地觉察到我和昝与这些虔诚的信徒们是多么地不协调呀！直到有两位藏胞出奇不意地突然跪倒在我俩面前时，我才意识到，糟啦，军人在这个时候出现在八廓街上原来是十分扎眼的。哪怕你有善良的愿望。或者干脆这样说，你俩在哪条路上不能走，偏偏要来到八廓街？

高飞的鹰成为从天空砸下来的一块坚硬的石头！

两位下跪者几乎把头挨到地上，嘴里叽里咕噜地说着我一点也听不懂的话，但是我可以判断出他们是让我和昝饶恕他们的罪过。说实在的，我并没有发现他们做错了什么事，更不说罪过了。我很真诚地上前双手搀扶起两位老人，让他们站了起来。就在一瞬间，我才猛地发现这两位老人正是刚才领着姑娘绕桅杆转圈的那一男一女两个老牧人。他们一脸惊慌，那破烂得掉索索的藏袍，在寒风中抖索着。旁边一个穿戴很考究、显然属于藏族上层的人物用十分流利的汉语对我们说："这两个老人是求饶，你们不要杀了他们的女儿，他们是为女儿祈祷的。杀人的人佛祖是不会放过他们的。"他的话语里带着明显的挑衅，我正想回敬几句，他那挂着一把崭新藏刀的身影已经消失在人群中了。

一只蚊子。尽管它的翅膀上驮着阳光，但蚊子还是变不了蝴蝶。此刻的拉萨八廓街需要高处的纯净。

两位老人仍旧跪在地上，额头磕着地面。我心里很难受，刚刚平息了一场叛乱，不少藏家人对来到他们身边的队伍还缺乏真实的了解，甚至敌视带枪的人。也是在这时候，我才看到两位老人的转经筒无声地扔在地上，他们的姑娘站立一旁，不时地抬起怯惧而懦弱的目光望我一眼。那些围观的人也远远地站着，不说一句话……

这一瞬间，我反而变得镇静了，昝也好像一下子成熟了许多，我们根本没有商量就分头捡起了地上的两个转经筒，送到了两位老人的手里。我对老人家说：

"阿爸，阿妈，我们是藏族同胞自己的队伍，你们所做的一切都会得到我们的保护。"我指了指天上，"你们看，拉萨的天空不是已经放晴了么？"

两位老人笑了，双手合十放在胸前，为我和咎祈祷。他们不可能听懂我的话，但是他们肯定是明白了我的意思。我看到两位老人的额头上因为刚才下跪磕头，粘满了泥土，那深深的额纹都拥满了土。我忙给老人擦额头，他们赶紧躲开，又摇起转经筒，绕着桅杆转了起来，好像是怕我追上去似的，还不时地扭过头看着我。

黎明前的拉萨，还残留着原始的悲伤……

我和咎继续沿着这条名街的兴趣已经荡然无存。藏家有一句格言："我们会低头的，那就是在青稞地里收割的时候，那就是出现在佛祖面前的时候。"可是，今天，两位藏族老人低头跪在了我眼前，而我，是一位解救苦难中藏胞的解放军战士！我心似刀剜，看着从眼前不时走过的那些驼背、弯腰、艰难挪动着脚步的藏家人，我忧心忡忡地、也是莫名其妙地产生了一个想法：我为什么不是他们的儿子呢？我确实应该为这样的"拉萨跪娘"尽一份孝心，减轻一点他们的心理负担，搀扶着他们走过这结着一层薄冰的春天的泥泞小路。可是，我不能，一个刚刚穿上军装的士兵连给他们买一块糌粑的能力都没有，连他们跪在我的面前时用藏语安慰他们一句都不会。

那天，我和咎办完事无心拦军车回兵站，坚持步行了20多里路，一路无语。回到西郊兵站战友们正在收拾次日出发的东西，我们都悄无声息地加入到忙碌的人群中。不声不响地干活，拼命地干活。

第一次去拉萨八廓街，我心力很重。它虽只有几个小时，却对我一辈子都有影响。

我永远都不会忘记一对藏族老人给穿着军装的我下跪的情景。我这一辈子都觉得他们总跪在我面前。戮杀，会使一些无辜人死去；和平，能让

123

枯枝开花。哪一个人不懂这个？

记住这个日子，这个阿妈给我下跪的日子；期待一个日子，一个阿妈拉着我的手把我当成亲儿子的日子。

每想起"拉萨跪娘"，我都有一种负疚感。

也许只因为我是个军人！

2005 年 11 月 3 日改于望柳庄

一把藏刀

2006 年 8 月的这个中午，好像注定我要走入另一种生命。当我在书房望柳庄忙忙碌碌地触摸明丽的阳光时，茫茫尘世的另一端一位藏族老人的双眼刺穿我记忆深处的疼。

为了找到很久以前收藏的一张青藏公路地图，我翻箱倒柜，把书房几乎捣腾得底儿朝天。地图最终也没找着，倒是一本厚书里咣当一声滑落下一把小巧的藏刀。它像一个武士从队列里站出，要同我交谈。我有些措手不及，但很快就镇静下来。

我是收藏这把藏刀的主人，我仍然不厌其烦地把它打量，刀鞘上镶着绿松石，象牙柄上嵌着红玛瑙。自然有些陈旧了，多年的尘埃使它失去体面的色泽。但是烈性的锐气犹在，锋利的弯月，青铜的寒风，尖刃上仍然能行走迅猛的呼啸。

藏刀在时间上已经沉默 40 多年了，刃面上一层薄薄的锈迹记载着岁月的留痕。冰是火的化身，无声是有声的极致。我知道藏刀一直醒着。

看着藏刀，我很亲切又很陌生。

日子用最粗糙的砂纸，打磨掉我眼前早就板结了的雾障，强迫我想起生命中那些无法忘掉的往事。已经死去数十年的黑夜开始变亮，和窗外的阳光混在一起，拽我走进拉萨八廊街。

藏刀，我骨髓里的忧伤乃至悲愤是你造成的。你的主人们生存的艰辛，还有当时有气无力的阳光下西藏千疮百孔的面容，也许永远不为你所知。但是你要明白，拉萨的夜确实不平静，有人在行窃，有人在放火。

山比情葱茏。

水比意活泼。

藏刀，你把我从宁静的和平带入战乱的年代。当时西藏和平解放不久，还没进行民主改革，刚刚发生了一场叛乱。正是拉萨痛哭流涕的季节。我必须让自己的思绪慢下来，以便仔细地回忆和拾捡那些不该被遗弃的细节性东西。比如，我走过大昭寺唐柳下看到柳枝上挂着一只烧焦了的藏靴；在布达拉宫广场旁边的水坑里我看见正挣扎着一只奄奄一息的小羊羔；一个喇嘛在罗布林卡前和我打了个照面后，便慌慌张张地进了树林；我来到市中心，发现路边没有主人的地灶被冷风吹走了最后一点热气……蒙难中的拉萨，今天我对这些记忆忧新！

下来，我该讲到那位阿妈了。

那天午后，如果没有那场突如其来的降雪，我突发奇想地产生了想去看看八廊街雪景的想法；如果没有雪后那次辉煌的落日，把八廊街映照得凄美、苍凉，我也早就离开那条古老的老街了。一切都在意料之外。

八廊街（那时叫八角街）是拉萨城市的标志，是城市之中的一个闹市，城中城。它紧紧围绕着大昭寺，周围那整个一片的旧式的、有着浓郁藏族生活气息的建筑形成的一条环形街道。八廊街内僻巷幽幽，曲途自通，宫厦套着石屋，回楼依傍古寺。解放前，八廊街里既有噶厦政府、地方法庭、监狱等机构，又有商店摊贩、手工作坊。这里住着达赖世家等贵族、僧人、学者，也住着木匠、银匠、铁匠、画匠、裁缝及农奴佣人等社会地位低下的市民。人们在八廊街上那些难以计数的小货摊上、撑在街旁的各色小帐篷底下，或在一间挨一间的伸进街巷深处的幽暗的小店中，神秘地进行着各式各样丰富多彩的交易。这里是西藏生活的集散地，是西藏民俗乡情的本来面貌表现得最原汁原味的地方。即使现在到了 21 世纪，外地人走进八廊街仍然能够比较真实地追寻到感受到几百年前藏族人民的生命习惯和气息。

八廊街给我留下刻骨铭心的印象令我终生难忘的事情，是藏家人在这条街上神圣的朝觐和虔诚真心地祈求人生愿望。拉萨城里的转经路有三条。大转经路是围绕拉萨全城，从沿河路向西绕到布达拉宫后面，再朝东顺着建设路绕过邮电大楼，最后回到原地沿河路；第二条转经路是绕布达拉宫一周、绕药王山一周；小转经路也是藏人心中最重要的一条转经路，那就是围绕大昭寺一周的八廊街转经路了。我要说的是八廊街上男男女女老老少少手摇转经筒若浪如潮的朝觐人流。我每次来到拉萨，一个最突出的感觉便是这儿的变化太慢，仿佛正是八廊街上缓缓的、静立不动的脚步拖住了拉萨的发展。他们不动声色地一圈一圈地走着，这三里长的环形街何处是头！每天傍晚，是特定的转经时间，这时好像接到了一项无声的命令，四方的信男信女立即拥向大昭寺的正前方，一阵经微的有次序的骚动之后，便严格的以顺时针方向沿着八廊街走去。必须是顺时针，有些不知道规矩的外地人逆时针走八廊街，这时藏家人用异样的眼光注视着他们。傍晚的八廊街上，只听见无数的皮鞋、布鞋、毡靴在磨蹭地面的碰响声，人群中发出的轻微的祈祷声。鲜亮的耳环摇摇摆摆，一串串珠宝闪闪烁烁，一个个转经筒有旋律地晃动。这活脱脱、灰蒙蒙的队伍给人的印象又严肃又郁闷。傍晚的八廊街把人们带进了一个概念上美好、实际却是迷蒙的世界里。

　　我就是在这时候遇到那位藏族老阿妈的。

　　不紧不慢的雪花像小蝴蝶一样满天飞舞着，很快就给拉萨披上了耀眼的银装。雪中的八廊街自然别有情趣，那些高矮不齐的房舍一积起雪就变得齐刷刷的一个模样了。犄角旮旯也被雪填充得同样白净了。唯有街道上滴雪不留，摇着转经筒走街的人们用一双双沉重的藏靴踏飞了路上的雪。雪是天空凝固的泪水，它掉落下来的声音分明带着一种悲伤，所有人包括我们这几个串街观光的士兵，都在抬头望着灰蒙蒙的天空，倾听着雪的声音。走街人嘴里念念有词的祈祷声一声比一声白，苍白。1959年初冬拉萨的这场雪肯定是死亡的落霞，要不八廊街为何这样荒凉、凌乱？

我正毫无目的地在街上走着，大部分商店的门都死死地关闭了，只有少数的印度和尼泊尔商人乘机开门赚钱。其实许多人都像我一样只是出出进进地串商摊，只看不买。我是为了观光无心买东西。风吹着，风一直吹着，吹着随着雪花旋转的转经筒。雪帮我保存下这些记忆。

老阿妈像是从天上掉下来似的出现在我的视线内。她走在我前面，顶多有5米的距离。她手摇转经筒，不知为什么那转经筒似乎很沉重，她摇得很吃力。老人穿一件脏兮兮的旧藏袍，袍沿拖着地，她走过的地面上蹭下了一行印痕，袍沿上凝冻着一串串雪球。在她回头望我时，我看到她脸上布满核桃皮似的皱纹，深藏于皱纹里的眼神仿佛集中了世界上所有的苦难和忧伤。她衣折里凝滞的霜尘及藏靴上龇开的破洞，告诉人们她是从远方来的朝觐者。藏北那曲？还是阿里山地或更远的亚东？不得而知。一只藏犬很忠诚地跟随老人身后，这时蹿到一个角落抬起后腿撒一泡尿，本来洁白的雪面露出一片黑污。据说多年后，这些尿也能让主人找到返回的路，有藏犬人就不会迷路。

初冬的风已经很凉了，老阿妈走在落雪的风里，一颠一颠，随时都会倒下似的。这时她抬起疲惫的头用那双没有光神的眼睛看了看我，突然回转身急步走到我面前，乞求似的拦住了去路。不容我多想也不容我说话她就挡住了我。我不清楚她要做什么，不懂藏话又无法跟她交流，心中不免生出几分惊恐。我站定，尽量让自己受了惊的心平静下来。老阿妈便又是说话又是用手比划，这样，反复几次以后，我终于明白她是要我买下她的藏刀。

其实我早就注意到了，老阿妈没有摇转经筒的左手里攥着一束枯萎了的格桑花，花簇中间露着一把藏刀，就是我们常常看到佩戴在藏家人腰间那种小巧玲珑的藏刀，护身和装饰兼而有之。老人不可能是经商的买卖人，这我能从她的着装及神态上推断出来，那么她为什么要卖藏刀？

我不得不再次打量起站在我面前的这位藏族老人。

几十年间，数十次的跑西藏，进拉萨，我深有体验。只要你一踏进这块地域，就必须丢掉脑子里一些固有的东西，重新理解别人，重新理解环境。因为一切都是你从来没有遇到过的新课题，需要你既要设身处地地又要置身度外地去揣摸，去判断。就说这些远道而来的走在拉萨街上的朝觐者吧，对于他们的虔诚、他们的执著，你只有理解了才可能走近他们，否则你与他们必然会格格不入。我曾听人讲过，也做过一点调查，这些朝觐的牧民，不少人为了一次神圣的拉萨之行，往往要把家里多少年间积攒的东西一丝不留地卖掉，作为上路远行的盘缠。倾家荡产者实在不少。信仰贴身，无怨无悔。他们一步磕一个长头地前行，不管多么漫长的路，多么艰难的路，都是跪拜出来的。数月甚至成年都要虔诚地匍匐在路上，吃苦、受累、遭罪，全都为了心中朝思暮想的那个明丽的圣地。有些长者煎熬不过旅途的艰辛，就心甘情愿地长眠在朝觐的路上。眼下这位拦路的老阿妈朝觐到了拉萨，这是她梦寐以求的福分，是她的造化。她为什么要卖掉藏刀？我不得不作这样的推想：她已经灯枯油尽，身无分文，无法返回故乡了。回程的路也不轻松，她仍然要磕头、烧香。那些虚无，那些轮回，那些无法悲伤的眼泪还要在风雪里飞！

　　站在我面前的这位老阿妈，她是从家乡出发来到远方，现在又要从远方出发，返回家乡。不，她是走向更破败的远方！家还会等待她吗？门窗裂了，地灶灭了。她，衣衫褴褛，满脸忧郁，双手哆嗦。我同情她，怜悯她。但是我不能用夜色淹没夜色，也不能用眼泪对抗哭泣。我只能让她感受到人间还有温暖，哪怕是种植一粒星星的微光到她心田，对她来说那也是一次日出。这样才能中止她悠远的叹息。

　　黄昏中的阿妈，黄昏中的忧郁！我走上前靠近了她，低沉地说，阿妈你好吗，你会好的，你的家乡在哪里。我语言生涩，而且语无伦次。阿妈并不识别我浑杂着西藏和陕腔的口音，恐惧地后退了一步。我背过脸去，该不是拭泪吧！我没有犹豫，不能犹豫。我掏出多于这把藏刀三倍的钱，买下了它。50元钱，这是我3个月的津贴呀。一个士兵！

　　老人恭恭敬敬地接过钱，又恭恭敬敬地递过来藏刀。使我记忆犹新的是那个细节：她特地拍了拍那束分明已经枯萎了的格桑花，与藏刀一起递了过来。

老阿妈走了，继续摇晃着转经筒走进八廊街上不算很多的人流中。世界博大，她却矮小。我望着老人的背影，摇摇晃晃的、仿佛随时都会倒下的背影。直到那背影消失了，我才把目光从远方拔出，落到了手中的藏刀上。我饱含莫名奇妙的深情打量起这把藏刀。

它大约半尺长，刻在刀套和刀柄上的吉祥如意图案，在红绿相间的宝石映衬下栩栩如生，活物一般。有一桩事令我难解，藏刀为什么要裹在格桑花中？艳美的格桑花象征吉祥，象征美好，象征和谐。我心明如镜，和平年代用刀的时候少，用心的时候多。我喜爱藏刀是为了收藏。如果这格桑花的色彩还不够艳，香气还不够浓，那就再加上我丰富的生活吧！

西藏人说，冷的时候看太阳。此时是傍晚，天下着雪。雪中拉萨的晚霞很奇妙，却是阴冷的晚霞。本来到八廊街观景的我已经淡去了这份闲情。一颗怀揣美好梦幻的心，被老阿妈深重的藏靴踩埋在灰暗的深处。还有，就在我买阿妈藏刀的时候，我们的排长李黑子一直站在稍远处一家尼泊尔商店门前，用怪怪的眼神看着我。是监视吗？我很是琢磨不透。我想上前和他说几句话，他却好像没看见我这个人似的，头一扭走了。不过，我没大在意，排长是管我们的直接领导，也许在他看来像我这个老大不小的兵还花钱买藏刀玩，俗气！没关系，排长夜夜都和我们这些兵打通铺挨着睡觉，熄灯后我咬着耳朵说悄悄话，会给他说清楚的。

我再也无心逛八廊街了。我不能忘记那位老阿妈，把自己心爱的藏刀卖给我的老阿妈。这个世界上有的人已经走了，这个世界上有的人还要留下来。老阿妈急着回家，说不定一家人正等着她呢！现在藏刀虽然拿在我手里，但那是老阿妈的，我愿意在我再次见到她时，把藏刀还给老阿妈。我满怀信心等待着，因为我相信老人家会有好日子过，藏家人少了藏刀好日子也会过得单调。这藏刀就算由我暂时给老阿妈保管吧！

有了这希望的等待，我的脚步变得轻快。

夕阳低低地卧在西山上，早起的月亮冲着我笑。

我拿着藏刀回兵站，一路上心情十分复杂，一会儿沉重，一会儿轻松。想到也许我还有可能再见到老阿妈时，希望的苗儿就把胸腔暖得好清爽。想到身无钱粮的老阿妈艰难的回乡之路，心儿沉沉，脚步也沉。我不会忘记我在八廊街上看到的老阿妈那张憔悴的脸，那摇摇晃晃走不稳的背影，她猛然间给我扯出了人间的苦根。但我毕竟还做了一件善事，得到了些许的安慰。

我无论如何没有想到，排长一直悄悄地跟随在我身后。半路上他突然快走几步，追上我问道：

"你买的这把藏刀有故事，你知道吗？"

"不知道。"我一边回答一边疑惑万状地望着排长，他一脸的严肃。

"藏刀是我从一家藏民商店买来的，后来老阿妈要去了。"他说话的口气满是伤感，却很肯定。

我有点不知所措了，确切地说是紧张。会有这样的事吗，我买的是排长的藏刀？我怔怔地望着排长。

"老阿妈朝觐来到拉萨后，糌粑吃光了，手头又没有一分钱。她不得不在八廊街上乞讨度日。当时她乞求我送她藏刀，我没有理由拒绝她。虽然这把藏刀是我买来的心爱之物，但是我心甘情愿地用它去救人一命！"

我什么也没说，不知道说什么，只觉得手中的藏刀戳我心了！

"你留着吧！二十年三十年或者更长的时间后，你把发生在八廊街的这个故事讲给后来人听。这是贫困的西藏农奴挣扎在死亡线上的故事，也是他们摆脱苦难觉醒前的故事。那时我们都老了，也许很老了，年轻人如果不相信会有这样的故事，我出来作证。"

我收起了这把藏刀。最伤感的故事，最深沉的触动，最难忘的记忆。

一晃就过去了 40 多年。

如今，老阿妈那一代人早就走了，当年的八廊街也跟着那一代人走了。但是发生在那里诸如老阿妈乞讨藏刀又卖藏刀的旧故事，不会过时也不会老。只要我们的日子还往前赶，就要守住那些旧故事，守住那些曾经苦苦挣扎了一辈子的人。像庄稼守住土地，像花朵守住节气。

黑子排长已经作古。他在生命最后时刻，我和他有过通话。他仍然惦记着那把藏刀，我说该物归原主了。他还是那话，你留着吧。我不能作证了，藏刀就是见证。

拉萨通火车了，今年或明年我肯定还会走一趟西藏。火车与我无关。我仍然坐汽车进藏，这样才能一路走，一路停，一路看，一路问。不过，八廊街我是不想去了。那地方会让我勾起好些人，勾起来就伤感，如今他们都离开这个世界了，想起来，疼！我还是把那些名字都藏起来，藏在八廊街很深的深巷里，积蓄一生的同情、感恩与无悔吧！

英雄藏牦牛

我至今清楚地记得那头牦牛在眼里消失了一道淡淡的蓝光之后，便永远地倒了下去。可以肯定地说，要不是它用生命慷慨地满足了我们急切渴盼的那种需要，包括营长在内的我们是无论如何也走不出藏北沼泽地的。

英雄藏牦牛的躯体悄然无声地化入了冻土层。如今长在泥潭上的小草是不是它的化身？无人知道。

40 多年间，我越来越产生着要为那头献身的牦牛写一篇祭文的强烈愿望，直到 2000 年盛夏，京城的气温创下历史最高纪录的时候，我才大汗淋漓地提起了笔。我之所以选在这个灼热的酷暑写有关那头牦牛的故事，是因为我知道它长眠的青藏高原在这时候仍然寒风呼啸，狂雪乱舞。而此刻，我要与它共享阳光和热量。

我常常这样想：我们可以原谅别人的无知，但是我们很难容忍麻木不仁的愚昧。就在那头牦牛倒下去后，我们营长说了一句话：不就是死了一头牦牛嘛，给他赔钱！

牵牦牛的藏族老阿爸并没有收我们一分钱。他跪在断了气的牦牛旁，双手合十，双眼微闭，对着苍天祈祷。

这时候，我心头的怨大于爱……

下面我在叙述这个故事的过程中写下的有关介绍藏牦牛常识的文字，都是后来我从实践中和书本上积累而夹的，事发时我是一无所知，只知道牦牛是西藏的牛。

故事发生在遥远的 1959 年春寒料峭的春天，当时我才 19 岁。

第二辑 藏汉情深

133

那是一个暴风雪缀满蒙蒙天空的凌晨。我们这台走得异常疲惫的收容车由于开车的我打了个盹，栽进了路边的沼泽地里，幸好人未伤着。三天前我们小车队在甘肃峡东（今柳园）装了一批运往藏北纳木错湖边某军营的战备物资，昼夜赶路来到念青唐古拉山下，在这片无人区里颠簸着。1100 多公里的路程被我们的轮胎啃吃得只剩下百十里路了，眼看我们就要到达目的地了。

汽车是在一瞬间窜下公路的，我当时的感觉是我的身体与汽车一起整个离开地面，飞了起来。等我睁开眼睛时车子已经窝在烂泥里熄了火。坐在我身旁的营长冲着我大吼了一声：你找死呀！可是我知道在出事的刹那间他也刚从酣睡中醒过来。我们确实太累了！助手昝义成绕着汽车在泥沼地里转了一圈，裤腿上溅满了浊黑的泥浆点点，他不说一句话，只是默默地站着。能统帅数百人的营长，到了这会儿却显得身单力薄，他一会儿望望无边无际的沼泽，一会儿又踢踢汽车的某个部位，他很烦躁，却没办法弄起这辆瘫在泥沼里的汽车。我当然不会有给营长排忧解愁的办法，但是作为驾驶员这时候安慰安慰他是绝对需要的。于是，我给他讲了如下的话：

"我们现在可以做一件事，把车上的物资卸下一部分，或全部卸下来，挂好拖车绳，等着来一辆汽车拖我们的车。"

我说了这番话后，就做好了挨剋的思想准备。等着车来救我们？哪有车？我们是压阵的收容车，前面的车早颠得没影儿了；在藏北这片无人区里难得见到个人影，谁会把车开来救我们？使我没有想到的是，营长听了我的话后，并没有像我想象的那样骂我说了一通"废话"，而是长叹一声，迎合了我的想法："看来，只有如此了！"

鹰在高远的地方飞翔着，天空显得更加空空荡荡。

我们三个人像埋在地里的木桩桩一样，站在原地。虽然谁也不说话，但是谁都知道对方想的是与自己一样的难题；谁来救我们走出无人区？

就在这时候，我在本文开头所提及的那头牦牛走进了我们的视线。

赶着五头牦牛的藏族老阿爸根本不需要我们拦挡就站在了栽进泥沼中的汽车旁看起来。他用藏袍的袖口掩着嘴，很仔细地看了汽车窝倒在那里的情形后，将袖口从嘴上拿开，摊开双手很激动地对我们说起来，老人的焦急、无奈以及对我们的抱怨，我都可以从他的表情和动作上看得出来，但是就是听不懂他到底讲了些什么。我不会藏语。好在进藏前每台车上都有一个同志参加了三天短训班，学会了几句常用的藏语。我当时忙于保养车和准备出发的东西，让昝义成去出这个公差。此刻他只能用半藏半汉的语言与老阿爸交谈，磕磕绊绊地说了半天，总算把老人的意思明白了个大概。老人是说：你们笨得连牦牛都不如，怎么会把车开进那个地方去，这是死亡地带，进去一百台车也能被那些烂泥吃掉。营长到底比我们这些娃娃兵见多识广，他一听老阿爸讲到了"牦牛"二字，马上眼睛一亮，一击大腿，兴奋地说："好，有啦，让牦牛施车！"

　　老阿爸二话没讲就同意了用他的五头牦牛把我们的车拖出沼泽地。

　　接下来就该我和助手忙碌了。取拖车绳，挂拖车绳，铲除轮胎下的泥浆……

　　乘这个空当，我要给读者介绍一下牦牛的情况。是的，我必须在那头牦牛献身之前把它和它的伙伴们牵到更多的人面前，让大家更多地了解一下这些一直被我称做"无言的战友"的情况。需要说明的是，我在陈述牦牛的事情时心总是沉浸在幸福和歉疚两种情绪中。

　　藏语里称牦牛为"亚克"。有句谚语：西藏的一切都驮在牦牛背上。这反映了牦牛在西藏牧区无法替代的地位。一头负载 100 公斤的牦牛，每日可以走 20～30 公里路，能连续跋涉一个月。有这样两个历史数字：1962 年中印边境发生战事时，汽车和人力难以把大批的弹药运到边境哨所战士的手中，正是牦牛出色地完成了这一任务；1975 年中国登山队第二次攀登珠穆朗玛峰时，曾有几头牦牛把登山队的装备和生活日用品，一直驮到海拔 6500 米的冰山营地。以上是牦牛善的一面，牦牛还有"恶"的一面。它对付凶残野兽有特别的本领，因而是牧民们保护牲畜的勇敢卫士。牧民在山野放牧时，如果狼群来袭击，牦牛不需要主人发号施令，就会主动地迅速围成一圈，牛角朝外。向狼发起进攻，猛烈地扑击过去。这迅雷不及掩耳之势往往使狼群难以招架，只得皇皇而逃。逃？没那么便宜。这时牦牛群又兵分两路，一路继续穷追不舍，另一路突然夺路而上，切断狼群的后路，进行两面夹攻。狼们根本没法防住牦牛这招，绝大部分惨死在了牦牛的飞蹄下。牦牛保卫牲畜的每一场激战，几乎都是以狼群的惨败而告终。

西藏是名副其实的牦牛的故乡。据资料记载：世界上的牦牛种类的80％在西藏。

……

营长一直双手叉腰看着我和昝义成手脚不闲地忙碌着。说句心里话，有营长在身边站着，而且还时不时地指点着我们的动作，我工作起来格外有劲头，也忙乎得很有秩序。想想吧，一营之长，大尉军衔，要不是这次执勤他在我车上压阵，就那么容易能见到他吗？后来，老阿爸也成了我们的帮手。多亏了他，不然我们绝对不会把这五根拖车绳套在牦牛脖子上——收容车上有的是各种汽车材料，光拖车绳、拖车杠之类就准备了10根。可见我们对在无人区行车之艰难是有思想准备的。老阿爸肯定够得上一位"牦牛将军"了，只见他将右手的食指弯曲放在嘴边，唇间立即发出一声接一声响亮而悠长的哨音，五头牦牛像士兵听到集合号声一样一字排开，站在了他面前。之后，老阿爸让我和昝义成在每根拖车绳上挽了个圆扣，他自己动手将圆扣套在了牦牛脖子上。牦牛是要拖拽着汽车的屁股出险境的。营长让我钻进驾驶室启动了马达，挂上倒挡，他配合老阿爸指挥我倒车。一切都是那么顺利，也那么简单，随着老阿爸的口哨声和营长"一、二、三"的口令，我狠踏油门，汽车在泥沼地里前后活动了三下就被拖出了沼泽地。

这时，太阳刚刚爬出雪峰，鲜红的金粉洒遍了藏北大地。

我万万没有想到，不幸的事情就在我们以为一切都没问题时发生了。

汽车被拖上公路后，我将车开出十多米停在了路边。我下了车，准备好好感谢一下老阿爸，要不是他的五头牦牛，我们这车还不知要在泥沼之中捂多久呢！就在这当儿，我发现有一头牦牛躺在了公路中央，四条腿绷得直直的，浑身像筛糠一样颤抖着。老阿爸扳着牦牛的两条后腿像划桨一样摇晃着。刚才拖车时我从后窗看得清楚，这头牦牛使劲拽车，期间它摔倒了两次，爬起了又拽。想必是它用劲太狠，伤了内脏什么的，要不它不会抽搐得这么厉害。老阿爸摇晃它的腿，显然是一种抢救它的措施。然而，这不会有什么作用的，很快那头牦牛就停止了抽搐，死了。它的四条腿仍然绷得直直的。就在它咽气的那一刻，我看见它那蓝色的瞳仁一闪，便永远地从这个世界上消失了。

　　老阿爸尖厉地哀叫了一声，便跪倒在牦牛面前，干枯的眼眶里涌出了亮晶晶的泪花。他用手在胸前画着什么，嘴里默诵着我们听不懂的话语。我能想象得出，牦牛在老人生活中的重要地位。他终年在这藏北无人区游牧，即使有自己的妻室儿女，因为过着游牧生活不得不各走一方，一年也难得有几次聚家团圆的机会。牦牛是他的有生命的车，又是他无言的朋友，给他驮载东西，为他生养小牦牛，还保卫他和牲畜的安全。现在牦牛永远地离他而去了，老人心中的悲凉和惋惜是可想而知的。

　　老阿爸那扯得长长的哭声划破了寂寞而空旷的藏北天空。我的心酸酸的，暗想：不管冻土层有多厚，太阳终究会笑起来的。一头牦牛死了，另有一头母牦牛会生出一头小牦牛弥补上老人心中的空缺。

　　我这么想着想着便在营长的督促下登上了驾驶室。因为他提醒我该赶路了。我上了车，并不立刻去踩动马达，老阿爸的哭声牵动着我的心。

　　也许是我的犹豫使营长感到自己还应该做些什么，他又喊我下了车，说："老人哭得太伤心，这头牦牛也死得太惨了！"稍停，他接着说："给他赔些钱吧！"说着他就从衣兜里掏出一沓一角钱（我真不明白他怎么有这么多的毛票），给拇指上吐了点唾沫，开始数票子，数到50张时，打住，

137

把钱给我，让我送给老阿爸。

老阿爸自然是不懂汉语了，但是在营长数钱的时候，他一直盯着营长的手。

我手里捏着 5 元钱走到老阿爸跟前，却张不开口，不知说什么好。我总觉得用 5 元钱去理直气壮地换一头为救我们而死了的牦牛，实在是太轻看牦牛的主人了，对我们也是一种漠视——钱多钱少当然应该当回事了。但是在这里似乎有一种千金难买的东西在我们和老阿爸之间闪光。我指的不仅是牦牛，还有老阿爸。他和我们素不相识，陌路人而已。然而在我们需要别人伸手援助时他义无反顾地站出来，用自己的"亚克"救出了我们的汽车。牦牛的死既可以认为是意料之外的事又可以看成意料之中的事，但是他在行动之前我们和他都没有讲任何价钱。5 元钱换不回死去的牦牛，5 元钱也买不到老阿爸对牦牛的那腔深沉的真情。

营长好像没有发觉此刻我复杂的心情，一个劲儿地催我快把钱送给老阿爸。最终我还是鼓起勇气把钱递到老阿爸的面前，他又是摇头，又是推开我的手，就是不肯接收这笔钱。我从老人家脸上的表情和说话的语气中看得出，他根本不是嫌钱少，而是打心眼里就觉得这钱不该归他。藏北大地上那时候没有一棵树，我突然觉得老阿爸却是一片鲜嫩的树叶，所有秋天的果实都抵不上这片没有长在树上的叶子的重量。

我的想法和行动竟然截然相反。

我不能不完成营长交给的任务，便一个劲儿地往老阿爸手里塞钱。老人展开着手掌，当我硬把那 50 张毛票放到他手心里时，突然刮来的一阵风将钱吹得漫天飘起来。

老阿爸看看没去追。

我看看也没去追。

营长和昝义成都站着没动。

奇怪的是，那飞飘的钱总也不肯落地，一直飘在沼泽地的上空，我们望着它，渐远渐小……

41 年了，如今老阿爸很可能已经不在人世了。但是那些飞飘在藏北沼泽地上空的纸币还清晰地浮在我眼前。

英雄藏牦牛英魂长在！

为什么可可西里没有琴声

第三辑

雪原爱情

为什么可可西里没有琴声

第二枚结婚戒指

这是张四望生命的最后时刻。他已经失去了意识，睁不开眼睛，不能说话了。只是静静地躺在医院的床上，妻子王文莉守在他身边，他总是习惯摸着妻子手上的那枚结婚戒指入睡，一副甜美的睡态。人已接近昏迷，爱却醒着。妻子一旦离开，哪怕几分钟，他就烦躁起来，嘴唇蠕动着谁也听不清的喉音。任凭护士怎么安慰，他依旧烦燥。王文莉来了，她赶紧把手伸给四望，他抚摸到了那枚戒指，才安静下来。抚摸！那是他们旷日持久分离后的重逢，或轻或重，都像甜蜜的风从心扉吹拂。忽然，他的手停了下来，是在等待爱妻一个由衷的赞美，还是等待一个彼此的谅解……

王文莉说：他是放心不下我呀！他不愿意扔下我孤零零一个人到很远的地方去。王文莉说着说着泪水就涌满了眼眶……

张四望是青藏兵站部副政委，年轻有为的师职军官。从 1980 年入伍至今，27 年了，他没抬脚地走在青藏山水间，西宁——格尔木——拉萨；日喀则——那曲——敦煌。冰雪路是冷的，他的心却燃烧着暖火，为保卫西南边防和建设西藏奔走不息。有人计算过，他穿越世界屋脊的次数在五六十次以上，也有人说比这还要多。张四望没留下准确数字，也许他压根就认为没有必要计算它。青藏线的军人沿着青藏公路走一趟，平平常常，有什么可张扬的？这话张四望说得轻松了，其实他比谁都清楚，在自然环境异常艰苦的青藏高原上，指战员们必须吃大苦耐大劳，才能站住脚扎下根。兵们体力和心力的付出是巨大的。领导关爱战士哪怕递上一句烫心的话，对大家也是舒心的安慰。还是他在汽车团当政委时，就讲过这样的话："不要让老实人吃亏，不要让受苦人受罪，不要让流汗人流血。"张四望对兵的感情有多深多重，这三句话能佐证。从团政委走上兵站部领导岗位后，他索性在就职演说中讲了这三句话。当时他刚40岁，是历届领导班子里最年轻的一个。

现在，可恶的癌细胞已经浸渗到他的整个脑部。他不久就要离开人世了。他说不出一句可以表达自己心迹的话，只能用这枚无言的戒指来传递对爱妻的感情。结婚快20年了，他只是没黑没明地忙碌在青藏线上，今日在藏北草原抢险救灾，明日又在喜玛拉雅山下运送军粮，何曾闲过？开初，王文莉在老家孝敬公公婆婆，养育女儿。后来她随军了，却是随军难随夫，夫妻仍然聚少离多。花前月下的浪漫她确实没有享受过，但四望有过多次承诺，只是未曾兑现他就要远去了！记得结婚时，四望给妻子连个戒指都无暇买，还是结婚后他利用执勤的机会顺便在拉萨买了一枚补上。他对文莉说：拉萨买来的好，日光城的戒指，有纪念意义！

眼下，他确实有时间了，在京城这座军队医院住了快半年，逛北海、游长城，有的是时间。可是他已经病得无力兑现对文莉的承诺了！人呀，为什么就活得这么残酷，夫妻间该享受的还没享受，丈夫的人生之路转眼就走到了头！王文莉记忆犹新的是，每次四望从青藏线上执勤回来，一进屋倒头在沙发上就睡觉，他确实太疲累了。她做好晚饭，喊了几声也不见动静，只听鼾声如雷。7点钟到了，只要她说一声："四望，新闻联播开始了！"他马上就起身看电视。

这时，摸着妻子戒指的张四望，也许在忏悔自己了吧。高原军人也有家，也有妻室儿女，再忙再紧张也该抽暇陪陪妻子，陪陪女儿呀！但是一切都晚了，他只能摸着妻子手上那枚结婚戒指传递内心的爱意！

在病房里值班的三个护士，亲眼看到了张四望和王文莉相濡以沫的感情，谁个心里能不涌满感动！她们悄悄地议论："若能相爱到他们夫妻之间的这份感情，天塌下来又能算什么！"她们商商量量做了一件事，买来一枚戒指，轮到谁值班谁就戴上，每次王文莉临时有事外出时，她们就把自己戴着戒指的手轻轻地放在张四望手中，张四望摸着那戒指安安静静的，一脸的幸福。护士们看着张四望那平静的脸，看着他那轻微移动在戒指上的手，忍着心头无法剔除的隐痛，泪珠吧嗒吧嗒掉在张四望的手上……

　　这该算作是张四望的第二枚结婚戒指吧！一枚来自拉萨，一枚来自北京。两地相距数千里，真情、友情却是靠的那么近，那么紧！

昆仑山离长江源头有多远

青藏高原四季的界限，被仿佛永远也飘落不完的大雪模糊得很难分辨。7月，我在坐落于唐古拉山下的江源兵站一间压着厚厚积雪的小木屋里，正和一位少校及他的妻子畅谈着他们的爱情故事。甜也好，苦也罢，在这个时刻都变成美好的回忆了。兴致浓浓的倾谈使我们竟然忘掉了屋外正是飞雪一泻千里的世界。

丈夫叫陈二位，江源兵站站长。

妻子刘翠，随军家属，待业。

我问二位：江源兵站离八百里秦川的兴平县有多远？

答：少说也有 4000 里吧！

兴平是他俩的故乡，陈二位 1960 年一入伍就来到了青藏高原。

我又问刘翠：长江源头离格尔木有多远？

答：1000 里只少不多。

昆仑山下的格尔木是部队的家属院，刘翠终年就住在那里。

远山远水，路途遥遥。这夫妻俩的爱情故事便变得凄美而壮丽。我相信这句话了："距离产生美。"只是这美产生的过程是那样艰难，常常是前脚刚拔出泥沼，后脚又踩进了冰河，有时还不得不伴随着辛酸的眼泪！

从一个遥远的地方来到另一个遥远的地方，她没想到过起了"随军不随夫"的寂寞生活。

1966 年金秋，刘翠办理了家属随军手续，来到格尔木。她虽然辞掉了在老家的一份较为满意的工作，但是一想到从此就能和日思夜梦的丈夫生活在一起，失掉的一切就不显得那么重要了。

然而，事情并不像这位心火正旺的年轻媳妇预想的那么美妙。他们在格尔木家属院的被窝刚刚暖热，二位就接到了要去江源兵站任副站长的命令。

陈二位当然不会对军令讨价还价。然而，把心里的话对领导讲讲还是必要的。他对格尔木大站的一位领导说："我已经 143 次翻越唐古拉山到西藏了。"领导听了笑笑说："我虽然比不上你翻山的次数多，但是我知道在咱们青藏线上，像你这样的闯山人不会太少。那你就把这 143 次当做新的起点，继续攀登吧！"

陈二位说的 143 次进藏的里程确实存在。他一入伍就到汽车团，从汽车驾驶员一直干到汽车连连长，每年都要十次甚至十余次踏上青藏线执行运输任务。青藏高原上的每座雪山每条冰河都几乎留着他深沉而炽热的脚印。其实，他给领导说这句话的本意并不是摆功，而是想启示领导过问一下他的身体状况。粗心的领导没有透视到下级的内心世界，因而忽略了对他进一步的关怀。当时陈二位因为高原反应落了个头晕的毛病，说有多么严重那倒也不见得，反正一走到海拔 4000 米以上的地方，就犯病，先是头晕，接着头疼。他是个不会退缩的坚强汉子，咬咬牙就挺过去了，从未给领导讲过。

当晚，二位把自己要去江源兵站工作的事告诉了刘翠。刘翠听了后许久不说话，只是低着头连看也不看丈夫一眼。

二位实在憋不住了，便问："翠，说话呀，我要上山了，领导让我收拾收拾东西后天就动身，大站首长还要亲自送我去江源兵站。"

原来刘翠哭了，这时她抹干了眼泪，说："别的我都不担心，就是这高山病折磨着你，不知你身体能不能吃得消，实在让我心有余悸。"

二位安慰她：“高原不比内地，来这个地方工作的人谁能没个头疼脑热的！不要紧，我多加小心就是了。”

“江源兵站的海拔多高？”

“接近5000米！”

“我跟你一同上山，有我在你身边，一切总会好一点的。”

“你净说傻话，那儿海拔太高，上级有规定，不许家属小孩长期居住。去了有危险的！”

刘翠不吭声了。

格尔木是青藏线上各兵站的大本营。因为线上海拔高，缺氧，严寒，荒凉，家属们难以安家，所以部队特地在海拔2800米的格尔木修建了家属院，军人的妻子带着孩子住在那里。她们当中离丈夫最远的是1080里，只有遥遥相望，日夜思念，一年中绝大部分时间守空房。她们把这叫做“随军不随夫”。格尔木家属院里军人的妻子们夜夜望着勾在昆仑银峰上的残月，偷偷地咽下了多少相思泪！特别是她们听到隔壁的驻军22医院又从线上运下来一个得了高原反应的重病号时，心立刻就提到了嗓子眼里，不住地祈祷着自己的丈夫平安无事。经常也会有这样的噩耗传来：又有一个军人被高山病夺去生命进了昆仑陵园。每在这时候家属院里好几天都是静悄悄地变得鸦雀无声。不幸的事无论发生在哪一家，悲伤的气氛总是笼罩着整个家属院。

昆仑山和长江源头的距离有多长？老司机对刘翠说：你应该知道孟姜女千里寻夫哭倒长城的故事吧，就那么遥远！

陈二位上山后的最初日子，山上山下不通电话，也不通邮，他常常把对妻子的思念通过口授给下山的战友传递给刘翠。可想而知，这种原始的“通信”方式，能传达多少真爱？刘翠每接到这样的口信，不知为什么更加牵挂二位，总想早一点见到丈夫。百闻不如一见，这句话用在这里是最恰当不过的了。

刘翠终于难以遏制对丈夫的思念，决定上山一趟了。她提前一周将自己的行动日期传送给了二位。她用坚定不移的口气捎过去了这样的话："我决定这天上山，不改时间。"她知道这样二位就无法阻止她的行动了。过去她多次提出要上山，都遭到了丈夫的阻止。二位总是说：你不要来兵站，这儿条件太差，很苦，你吃不消。至于他自己是怎么吃这些苦的，却不提一字。丈夫越是以这样的理由劝阻她上山，她就越是想上山瞧一瞧那儿到底有多苦。

按照与二位约定的上山日期，刘翠一早就站在格尔木路口拦车了。那会儿，青藏公路上还没有开通旅游班车，她只能搭顺路的便车。一辆又一辆上山的车从她眼前乘风而过，却无一辆停下。可以理解司机的心情，千里路上捎脚既费力又操心，谁愿意自找这份苦吃？好不容易有一位老师傅怜悯刘翠似的刹住了车，却不阴不阳给她浇了一头冷水。他吊着个脸不热不冷地像审问似的问刘翠："姑娘，你上山是看老爸吧？"刘翠彬彬有礼地回答："师傅，我早就成家了，老公在江源兵站工作，我找他去。"老司机听了仿佛更不悦了，反问道："你知道江源兵站有多远吗？"刘翠摇了摇头。他说："你总该知道孟姜女千里寻夫哭倒长城的故事吧，就那么远！"刘翠正不知如何回答时，只见老司机把手一挥，说："上车吧，我就学学雷锋做一回好事！"原来老师傅是个冷面热心人，刘翠边上车边道谢。

按陈二位估摸的时间，1000多里路，刘翠在当日的傍晚6点来钟就能到兵站。5点钟还不到他就站在兵站的大门口等候了。站上的几个兵对陈二位说："站长，你就在屋里呆着，我们在这儿等嫂子。"二位笑着说："傻瓜，这种事怎么能让人替呢。还是由我来完成这个任务吧！"兵们吐了吐舌头，嘻嘻哈哈地笑着跑开了。

6点钟都过去了，刘翠没有来。陈二位心想汽车不会像火车那么准点，早点或晚点都不奇怪。他继续等着。7点钟到了，天已经麻麻黑了，还不见刘翠的影子。陈二位有些心急了，他在门前走了一阵子，又沿着公路往格尔木的方向走了几百米，公路上连一辆车也没有。他又回到兵站门口等候。

天已经黑得不见五指了，焦急的陈二位心中忽然涌上一个想法，自己这样走来走去，出出进进，妻子擦肩而过的可能性也是有的。于是他回到站上，点着了一支蜡烛放在窗玻璃处，细心的刘翠即使没有在大门口碰见他，进得站来一看见这烛光烁烁的窗口就会知道这儿便是自己的家。陈二位点好蜡烛又回到了大门口，这时刚好从格尔木方向驶来一辆汽车，停在营门旁，他赶忙上前一看，却没有见到妻子，空喜欢了一场！但是从司机口里得到了一个令他六神不安的消息：离兵站30公里处的地方，有一辆汽车翻了车，一帮人正在夜色里忙忙乱乱地鼓捣车呢！这消息犹如五雷激顶，二位蒙了。霎时他忘了已经是夜里10点多了，立即让站上的司机发动好车子，就向山下飞驰而去，半个小时后，果然看到了那辆翻了的汽车，妻子并没有坐那辆车，他才放心了！

生活中的许多事情总是那么凑巧，就在陈二位乘车下山找妻子刘翠的当儿，刘翠来到了兵站。当时已经是11点钟了，整个源头小镇被一片刺刀也戳不透的夜色和寂静笼罩着。刘翠黑灯瞎火地找了半天也没有找到兵站，她是第一次来长江源头，根本不知道兵站在哪个方位。原来兵站离小镇还有二三里地，深更半夜地上哪儿去找？于是，她在好心的司机帮助下，住进了一家小旅舍。完全可以想象得出，她是睡不着的，她知道二位正在牵肠挂肚地等她，没办法，她只能躺在床上睁着眼睛盼天亮。她想起了司机师傅说的那个孟姜女哭倒长城的故事。天下的女人为什么都这么多情而命苦？

陈二位自然不知道妻子已经到了长江源头，仍然心神不安地走出走进等候着刘翠。他点在窗口的蜡烛早已燃尽，只留下了一堆蜡泪，他又续上了一支蜡烛，窗口继续闪烁出多情的烛光。

陈二位在公路边不停地走动着，眺望着。他的身影来了又去，去了又来；脚步声远了又近，近了又远。夜色渐渐地被他踏破变淡。东方吐出了曙光……

刘翠终于出现在他渴盼了一夜的视线内。她手里掂着一个不大不小的保温饭盒，那是她特地为二位炒的可口的菜，不过，早就冰凉了。她快步走去扑进了他的怀里。

长江源头的晨曦中，这对夫妻紧紧地搂抱在一起……

　　刘翠做的地方风味的"嫂子面"，感动了整个长江源头。陈二位的高原反应大为减轻，战友们说这是"感情治疗"。

毫不例外，妻子关爱丈夫时表现得总是体贴入微。且看刘翠的"入微"——

她在一个小本本上记录着二位在几个关键时期的体重：入伍时 136 斤，上山第一年 142 斤，上山第二年 130 斤，上山第三年 110 斤。

当刘翠发现丈夫的体重只有 110 斤后，只见他面黄肌瘦，成天提不起精神，她不得不认真对待了。

"二位，你是咋搞的嘛，瘦得两腮掉肉，成了猴精，你不心疼我还心疼呢！"她说这话时眼里噙满了泪水，声音几乎是从嗓子眼里吼出来的。

"我的好夫人，你别大声嚷嚷行吗，满院子都是当兵的，别人不知道还以为我们在吵架呢。不是我把自己搞得瘦成了猴精，是高原这个无情的怪物，是老天爷！我何尝不想心宽体胖地过日子，在兵站上干好工作，多干几年！"

刘翠的话一出口，就觉得自己这样错怪二位，只能增加他的心理负担。她便平心静气地和丈夫谈心，询问他的身体状况。二位真实道来，以心相见。

原来，高原反应对二位身体的袭击和二位对高原反应的抵御，从他上山之日起就一直拉锯似的进行着。只是最初他还能以一个胜利者的姿态站在高原上，到后来就慢慢地有时不由得不退让几步。他记得十分清楚，那是他上山后的第二年春天，病情明显加重。当时他正在车场迎接一个到站的汽车连队，突然眼前一黑，天旋地转，整个身子像飘起来似的，两脚仿佛在空中悬着，一迈步就栽跟斗。随之而来的便是呕吐，头痛，四肢无力。卫生员和车队的同志合伙将他搀扶到客房，正为他焦急、犯愁时，他马上就清醒过来了，好像什么事情也没发生过。倒是他安慰起了大家："不要紧，也许是太累了，休息休息就好了。"高原反应就是这样，它偷袭你时你随时都有可能被击倒。如果你是个坚强的汉子，它却奈何不得你。不过，它是不会甘休善罢的，还会卷土重来。高原的军人们就是这样，成年累月地跟高原反应拼斗，有些人退下来了，甚至永远地倒下了。有些人照样站立着，面不改色。

听了二位讲的这些，涌满刘翠心间的既有对丈夫的敬佩，更多的则是酸楚。她问道："在什么情况下你容易犯高原反应？"二位想了想，答："两种情况，一是最忙的时候，二是最闲的时候。""知道了，最忙时是劳力，最闲时是劳心。""劳力就不用说了，劳心就是想念你呗。我一闲下来就反思自己，咱们结婚这些年来，我对你和孩子的关心太不够了，起初我在高原你在老家，一年一次的鹊桥相会往往是眼泪还没流完又分别了。后来你随军到了高原，但是你仍然在孤零零地一个人生活。当然我也很想给你很多很多的情爱，但是我做不到，因为我是连长，我是站长，我应该去做的事情太多太多，神圣的职责不允许我去分心，去更多地顾及自己的小家庭，包括我心爱的妻子和孩子……"

刘翠不愿意丈夫再这样讲下去了，打断了他的话，问："你每次犯病时都吃些啥？有多大饭量？"

二位答："什么都不想吃，吃不下去。半碗稀饭和几根咸菜都是硬塞进肚里去的。"

刘翠急了："有病，又不能吃饭，这怎么行？钢打的身架也会掉渣的！"

就是从这一刻起，刘翠萌发了要上山为丈夫送饭的想法。当然她无论如何不会想到她送的饭菜在后来会产生那么神奇的效应。

她做的是二位百吃不厌的陕西风味饭"嫂子面"。二位是吃着这种饭长大的，参军后一度吃不到了，馋得他在梦里都吃了好多回。后来刘翠随军来到了格尔木，只要有机会她总不会忘记给二位做"嫂子面"。二位说，端起"嫂子面"，我就闻到了八百里秦川的麦香，就听见了亲切的乡音。特别邪乎的是，他说吃了"嫂子面"他身上的每根神经都香酥酥的舒坦，百病不沾身。这天，刘翠按照做"嫂子面"讲究的"薄、筋、光、煎、稀、汪、酸、辣、香"九字要领，精心做好，然后，装进特地买来的保温桶里，登车上路，直奔长江源头。

提起"嫂子面"，在关中民间还有一个美丽而动人的传说。古代有一户人家，家中只有嫂弟两人，弟弟年幼，正在读书。嫂嫂的丈夫在两年前就死了。嫂子不忍心丢下正在读书的弟弟去改嫁，她给弟弟缝衣做饭。嫂子深知弟弟读书的辛苦，便想方设法把饭做得可口，让弟弟吃了舒心。一天，她用烹料和水煎成汤，把面做成细丝在锅里煮熟，捞在碗里，再向碗里浇上汤。弟弟吃得可口有了精神，学习更加刻苦。一年后，他上京赶考，中了举人，封到自己家乡任县令。弟弟做了官，村民来祝贺，他就把嫂嫂请来，让她做了一顿经常给自己吃的那种面，要村民们也享享口福，大家吃得满嘴流油，真的很香。后来，人们都学着做这样的饭。"嫂子面"就这样传开了，一直流传至今。

二位唏吼唏吼地吃了妻子做的"嫂子面"，浑身舒舒服服地出了一身热汗，他抹抹嘴，显得少有的动情，说："翠，你猜猜，我现在最想说一句什么话?"刘翠白了他一眼,说:"什么话?还不是想说吃饱了,喝足了,有精神了,扑着身子再好好地在江源兵站干几年!"二位忙说:"不,我现在最想说的一句话就是,谢谢你,嫂子!"刘翠羞得脸都红了,上前用小拳头捶着二位,连连嘻骂:"你这个死鬼,昨日黑里还要我叫你大哥,现在又将我叫嫂子,你这家伙,真没个人样!"

从此,刘翠真的变得很忙乎了,做家务,照管孩子,差不多每周还要上山给二位送"嫂子面"。昆仑山离长江源头依旧千里迢迢,可她却觉得并不遥远,早别昆仑,晚到源头,仿佛只是一瞬间的事。当她风尘仆仆地出现在二位面前时,一路上的疲劳和牵挂顿消一净。这时的她和他,都会觉得自己是世界上生活得最充实的人,是最幸福的人!

世上的许多事情说起来总是那么的奇特而又奇怪。也许你永远都弄不明白其中的奥妙,但是它确确实实存在着。自从有了刘翠的"嫂子面"垫肚后,陈二位的高原反应大为减轻,头不晕不疼了,食欲大大增加了。这一天,当刘翠又一次将"嫂子面"送到兵站,二位狼吞虎咽一般一扫而光后,他半是认真半是开玩笑地说:"亲爱的夫人同志,现在你做的嫂子面已经在我们兵站上美名大扬了,谁都知道你这面条能治疗高原反应。我们的副站长李中才这些天一直在做我的工作,要我推广推广你的嫂子面。"刘翠马上听出这话的味儿了,很爽快地说:"哪还不好办,我这就给同志们做顿嫂子面,还要教大家做的方法。"

当天,全兵站的官兵吃上了刘翠做的美味可口的"嫂子面"自然不必说了。从此以后,刘翠上山给二位送饭时,总要带足做面的底菜,如红萝卜、黄花菜、木耳、漂菜等,在兵站厨房里大显神手,为同志们改善伙食。至于"嫂子面"到底能不能治疗高山反应,那另当别论,但是,大家吃得津津有味,精神大振,这是不争的事实。

陈二位要复员了,他和妻子刘翠最后一次

去江源兵站。这时他们的心情十分复杂……

昆仑山无语,长江源头低吟。

2001 年夏天,陈二位终于因为身体状况欠佳,经上级批准要复员了。他当了 20 年兵,其中有 19 年是在平均海拔 4000 米以上的高原部队基层单位摸爬滚打的。用他的话说,粘在他衣褶里的高原雪,下山后一个夏天也化不完。我相信他讲这话时心情是很不平静的。

我就是这时候,在格尔木家属院里见到了陈二位和刘翠。二位告诉我,他刚在医院检查完身体,还没等我问及检查结果,刘翠就说话了:"一身的病!"二位却说:"也好,这次做了全面检查,心里有数了,以后就会知道该怎么爱护身体了。"体检表上当时记录着他的病情:脑右上中枢有块病灶,癫痫或供血不足所致;萎缩性胃炎,结肠位置长有一块息肉;颈椎 5～7 椎间盘突出。腰椎 4～7 右侧横室孔狭窄,4～9 椎间盘突出……

二位并不悲观,他说:"我无怨无悔,20 年我是在世界屋脊上度过的,全国能有几个人有这种得天独厚的机会!有病慢慢治,我还不到 40 岁,来日方长。"

刘翠的心事显然要重,但是她知书达理,说:"我身体还好,你可以扶着我的肩头走,翻山过河都有我在,咱就不愁走不出一条新路来!"

两天后,他俩又一同携手去江源兵站了。二位在那里还有些手续要办,那儿的办公室里还有他的东西需要收拾。对刘翠来说,她此行的目的就很单纯了,她说,二位离开兵站了,但我不能把做"嫂子面"的手艺带走。源头兵站又来了一批新兵,我得把这个手艺教给他们,他们还要在那儿生活三年五年,甚至更长的时间。高原反应还会威胁他们的。

临离开家属院时,二位突然对刘翠说:"我俩很可能是最后一次去长江源头了,今后谁还会给我们这样的机会?"

刘翠一笑，说："为什么要说最后一次呢？我对江源兵站的感情还是蛮深的，等我们的孩子长大了，还让他当兵，就到青藏高原来当兵。这样我们不就有机会再去江源兵站了吗？"

陈二位不语，眼里涌着泪花。

总之，不管怎么说，这对夫妻此次重返江源兵站时的心情是很复杂的。留恋，抱怨，遗憾，向往，甚至担忧，都会有的……

芃芃的坟墓是棵小白杨

芃芃，一个男孩的名字。他还没有来得及迈进这户昆仑人家的门槛，几乎在他的哭声一顶破妈妈肚皮的同时，就从产房里匆匆地走了。戈壁滩深处一棵新栽的小白杨树下，就是他人生永久的归宿地。他死了，代表一个时代，高原新生代。不是这个时代的结束，而是开始。

芃芃的一生只有三天。

芃，生癖的字。意为草木茂盛。生活在寸草不生雪原上的父母，盼绿盼得连儿子也要上色。

芃芃的爸爸张华是唐古拉山通讯连的志愿兵，妈妈唐明在昆仑山下的格尔木传呼台上班。两山相距 1200 里，前者海拔 5300 多米，后者海拔 2800 米。在世界屋脊上谈情说爱，自然会遇到诸多说不清、道不白的困难，同时也很浪漫。这些芃芃是永远无法知道了。但是，爸爸和妈妈相爱的故事至今仍然在青藏线上美丽地流传着。一个明眸皓齿的靓妹为什么爱上大兵，这是除他们双方心明如镜外别人无须考证的隐私，人们记忆犹新的是那个细节。这一对男女青年在热恋的最初，确实有点被爱情折腾得发疯。张华经常用自行车驮着唐明，驶出格尔木城沿着青藏公路漫游。哪儿是终点？不知道。走了多久？也不清楚。张华边蹬着车子边吹牛："唐小姐，管你相信不相信，我都要把你一直驮到唐古拉山去。"唐明说："傻蛋，你疯了不是？一千多里路，驮一个大活人在世界屋脊上乱窜，不累死你也得急死我！""先累死我，后急死你，一对幸福的死鬼！"

死鬼也幸福？热恋中的昏话。

他们结婚了。婚礼是在海拔较低物质条件相对优裕的格尔木举行。张华的假期满了，唐明心甘情愿地跟着他去承受高山反应的袭击。不，甜蜜的日子里幸福泡着新婚夫妻，在他们的意识里不存在高山反应。然而，毕竟这只恶魔在吞噬着他们的灵魂，还有他们正在痛苦而幸福地完成着的另一个生命——明天的小太阳。

黎明到来之前，是忍耐的时刻。

唐明怀孕了，就在唐古拉山上。无论父母是否意识到，芄芄的细胞里已经扩散了高原反应的毒汁。

唐芄芄离出生只剩下 9 天时，唐明提笔给未出世的儿子写了一封信——

亲爱的宝宝：

我最心爱的孩子，你终于要带着妈妈对你的祝愿、期望和无尽的爱，来到这个世界了。

宝贝，当温暖而明媚的阳光接纳你的那个时刻，你用新奇的眼睛看吧，用精灵的耳朵听吧，用纯清的心灵去感受吧——你妈妈和爸爸生活着的这个青藏高原是如此美好！温柔的风抚摸着银洁的雪山；阿尔顿曲克草原上的草儿正舒展着嫩鲜的叶芽；格尔木河淌到戈壁滩后，分流成一条条小溪无忧无愁地唱起了歌；大街两旁的男男女女正手拿鲜花欢迎来自北京的援藏干部……

我的宝贝，向上苍虔诚地祝福并真诚地感恩吧——高原多么美好！人间多么幸福！生活多么可贵！爱你的世界吧，你会得到很多很多！

孩子，妈妈祝愿你：健康。

你的母亲吻你

1999 年 5 月 26 日

唐明从小就做着当作家的梦，这封信中流露出的文采可以作证。她写这封信是用了心思的。但是她哪里会想到这是一封没有收信人的信。

至今这封手写的信还镶在一本精美相册的首页。只是相册里没有一张照片……

应该说，芄芄的出生还是顺利的。这着实让妈妈唐明高兴了一阵子。张华没有听到儿子的第一声啼哭。他正在唐古拉山上为抢救一个突然患高山病的战士而忘掉一切地忙碌着。

儿子出生的当晚，张华才风尘仆仆地带着唐古拉山的风雪，踏进了产房。他并不看妻子，目光就粘在了儿子脸上，一直望着，久久不肯收回。他说："儿子，叫一声爸爸！"半躺着的唐明回敬他一句："看把你美的。儿子还不会说话呢，就是会说话了，你打听打听去，哪个孩子学说的第一句话不是喊的妈妈？"张华傻笑。

从那刻起，张华就穿梭似的奔走在医院与军营之间，给妻子送鸡汤，给儿子送小衣服。那轻快的脚步声分明要告诉高原上所有的人，他张华有儿子了，妻子是在唐古拉山怀上儿子的。骄傲！

芄芄出生后的第二天晚上，张华十点钟离开产房时，儿子还睡得安安稳稳，他深情地对儿子说："给爸爸说声明天再见！"妻子损他："别忘了，你已经是 30 岁的人了才得到儿子，有啥本事，值得那么张扬吗！"

张华相信明天的太阳会继续照亮产房的小窗。但是，他万万没有想到，他准备远行的脚步刚一出门，就被一场疯狂的大雨缠绕。

第二天，芄芄躺在唐明怀里永远地去了另一个世界。唐明抱着儿子哭得死去活来，张华发疯一样质问医生："昨天还好好的，为什么过了一夜就发生了这样的事？"医生告诉他，孩子是因为缺氧而致命的。张华大声咒骂着那高原反应：你太可恶，连一个出生的孩子都不饶过！说罢，他竟然抱着妻儿一起哭叫起来。这哭声把昆仑山巅六月的积雪也震得融化了，雪泪。

六月雪，六月泪。

张华抱着儿子，径直向昆仑山下的茫茫戈壁滩走去。到哪里去？他似乎不知道，只是毫无目的地走着，走着。

仿佛有哭声传来，是妻子？他止步，倾听，却什么也没听到。他又朝昆仑山走了。

他走呀走呀……

初升的太阳把他的影子拖得很长很长，那影子也抱着一个孩子，与他同行。

有个人悄悄地跟在张华后面，始终与他保持着一定距离。他走那人也走，他停那人亦停。

连张华也不知道走了多长时间，当一棵小白杨树出现在眼前时，他才止步。好像他走这么远的路就是为了找到这棵树。

那人也停下了。

张华回转身，发现战友小杨站在身后，他并不诧异。小杨很坦率地说：

"这样的事摊到谁的头上也是一个闷棍，一时想不开，什么事都可能发生。我跟着你，心里好放心。另外，芃芃的这些衣物要随他一起去，我就带来了。"

张华发现小杨怀里抱着一大摞小衣小裤小帽小鞋什么的，那都是唐明在儿子出生前一针一线缝成的。小杨走得满脸淌汗，张华心里滚过一股暖流。他说：

"无遮无拦的大戈壁滩，总得给芃芃找个避风躲雨的地方。就在这棵白杨树下吧，让芃芃和它在一起，做个伴儿。还有我和他妈在这棵树的指引下，也好认门找到孩子。"

他俩很快挖成半米深的一个坑。小杨把那些衣物放进坑里，说：

"垫厚些孩子睡得暖和，昆仑山里太冷。"

张华脱下短袖军衣，轻轻地搁进坑里："我永远和他在一起，他就不寂寞了。"

安葬完毕。

芄芄的墓堆很小，如果不细看是很难发现的。张华说：

"这荒郊野外野虫多，不留坟堆免得它们伤害孩子。再说，我也不想让唐明知道孩子的安身地。他来到这个世上才三天，太叫人伤心了！"

芄芄的坟墓是棵小白杨。

张华站在芄芄墓前，脱帽，深深三鞠躬。年前，战友小孙死于高山病后，他为他送别时，就是这样三鞠躬。在高原，每年有多少人丧命于这种无情的顽疾！

张华没有马上离去，他舍不得儿子。他在芄芄的坟前蹲下，点燃一支烟，说：

"芄芄，你抽烟吧，你要学会抽烟。抽烟能排除苦闷。芄芄，你为什么出生三天就要走呢？肯定是爸爸在什么地方做了对不住你的事，伤了你的心。对啦，生你那天，爸爸不在你身边，是妈妈一个人把你接到这个世界上的。妈妈说她好累呀，但她心里实在很高兴，为儿子受苦受累怎能不高兴呢？爸爸没回来，这事不由爸爸呀，爸爸是个军人，军人就得听从命令。这些，你年龄太小现在还不懂……"

他打住，不再往下说了，热泪满面。芄芄哪有现在，更谈不上明天了！他的生命只有三天。

稍停，张华擦去泪水，对小杨说："我应该为儿子骄傲，他还没有出生的时候，就跟着妈妈上了唐古拉山。我的好儿子！"

小白杨在风里俯下了身子。它是向芄芄这位上过唐古拉山的小英雄鞠躬哩！

唐明知道了芄芄的安葬地，是在两个月以后。是张华主动告诉她的。妈妈长期不知道儿子的归宿，是要操碎心的。瞒着她是一种罪过。

张华和唐明每月都要一同给儿子祭坟。每次祭坟时，他们总会带些水果、点心之类的祭品。娃儿年龄小，不能喝酒也不会抽烟，就让他多吃些可口的食品吧！他正在长个头，营养要跟上——他们确实就是这么想的。最后他们再烧纸，据说这些纸到了阴间就变成了钱，让芄芄拿上钱去买他需要的东西吧！烧完纸，他们便跪在坟前哭起来。爸哭儿，娘哭娃，长跪不起，久哭不止。

小白杨在风里轻摇着枝叶，那是在跟着这对年轻的父母一起哭坟。

这是芄芄远去后半年的一天傍晚，大年三十日。夜幕徐徐落下罩，暗了戈壁滩。张华、唐明默默地坐在小白杨树下。张华吸着烟，地上已经扔了一层烟蒂。唐明跪在地上，将一盘饺子分在三个小盘里，说：

"芄芄，今天是大年三十日晚上，咱们在一起吃个团圆饭。你吃大盘的饺子，两个小盘归爸爸和妈妈。你一定要多吃几个饺子，妈心里才高兴。孩子，记住了吗？"

张华说："儿子，戈壁滩太冷，你夜里睡觉时一定要盖好被子，把爸的那件军衣也压上面，千万千万别着凉。"

……

没有月亮，满天的星星眨着细细的眼睛，静静地看着这两个孤独的祭坟人。他俩静坐无语。不久，天气大变，飘起雪花。雪，覆盖了昆仑，覆盖了戈壁。只是，他们的悲痛，雪压不住。

依然呆坐不动的两个守坟人……

五道梁落雪，五道梁天晴

清晨，唐古拉山的冷风拉开了沉睡的夜幕，把江河源头的山水清清楚楚地显露出来。他几乎每天都在大阳刚爬上山岗的时候就已经坐在兵站门口的石头上，望着坟包呆呆地发愣。

他的身后是兵站一排压着薄薄积雪的兵屋。那兵屋很低很低，好像贴在了地上。兵站里升起的细细的炊烟分明是在招他回去，但他仍然静坐不动。

望坟人叫陈二位，兵站站长。藏族，本名洛桑赤烈，改名陈二位是入伍以后的事。这阵子他从石头上站起来，裹了裹披着的大衣——他裹紧的是西北风，走到一直等待着他的我的面前，说"我讲一个兵在五道梁的故事给你听，他的名字叫莫大平。"

我忙说："我是冲着你来的。"

他说"长江源头不缺水，所以我关心的不是河流的去向，而是它的终点。你应该承认，包括我在内，这里的每个兵都是并不快活的人，但是既然当初选择了五道梁，我们就得咬着牙使出吃奶的那股劲，走下去。"

他抬起头，又凝望那个坟包。阳光把坟包照得很亮，坟上有枯草在摆动。

五道梁这个地方是山上的一块平坝，海拔 4818 米的平坝。冬天来到青藏高原，五道梁走进了一望无际的酷寒。春天也在这一刻开始孕育。

五道梁的兵们生活在许多人不想居住的地方。兵站上一共 15 个兵，那个坟包里埋的却不是兵，是个鲜嫩鲜嫩的藏族姑娘……

沈从文的老乡小莫

莫大平，土家族，1991 年入伍，很老很老的兵了。在五道梁兵站，凡是兵龄过了三年的兵，不管是不是班长大家一概都称"班长"。但是对于莫大平这位老兵中的老兵，却没有人叫他"班长"，所有人都无一例外地喊他"小莫"。这里面除了亲昵的成分外，更重要的是他好像永远也长不大。当然这不仅仅是指他那瘦小的个头，而是说他做起事来总像个不听招呼的淘气娃儿，任性多于服从。兵站的人都知道小莫是个特殊的兵，特殊在两方面：第一，他是带着家眷上山的，老婆和孩子都住在五道梁；第二，他是湘西凤凰县人，作家沈从文的老乡。为此他常常自豪得眉毛都要立起来了，对任何一个到五道梁来的人，总是以"天大地大不如他莫大平大"的口气说："知道沈从文吗？世界级的作家，我俩是乡党呢，我见过他！"其实他漏掉了一句话，是在照片上见过。在他这番添油加醋的炫耀之后，如果对方还不知道沈从文为何人，他挖苦的话就劈里啪啦地扔过来了："遗憾，遗憾，实在遗憾！我不能说别的了，只好说你学识浅薄，怎么会不知道沈从文呢？"你还别说，在青藏线上，沈从文有了小莫这个老乡后，知名度大为提高。因为不少兵的床铺下都压着一本有小莫签名的《边城》。

小莫带家属为什么算特殊？

部队有规定，战士是不能带家属的，即使像小莫这样的老兵也不例外。那么，莫大平为什么要破例呢？他爱人童月是河南扶沟人，他俩在高原上举行的婚礼，后来童月几次回到凤凰县，都不习惯土家族的生活。于是，她只好重返五道梁。就这样名不正言不顺地住下了，一住就是六七年，如今小女已经 5 岁了，叫莎莎，地地道道的五道梁人，整天在兵站的院子里独来独往地跑着。没有小伙伴，只好与站上的那只小狗为友，只要

为什么可可西里没有琴声

她喊一声"狗狗"，小狗就跟上来了，她走，小狗也走，她跑，小狗也跑。莎莎很孤独，但是她给寂寞荒凉的高原增添了几分难得的生气。每当小莎莎迈开脚步在站上跑起来的时候，兵们都觉得整个青藏高原都在绕着她的脚板旋转。

莫大平是汽车司机，天天跑车，每次回到站上累得浑身酸疼，就冲着正在院里跟小狗藏猫猫的莎莎喊道："闺女，过来给老爸捶捶背！"喊过女儿之后，他便伏卧在院子中央的一块大石头上，等着女儿抡起两只小拳头在他的背上欢欢地捶开来。

只有在这时候，他莫大平才有一种回到家里的感觉。五道梁的苦算得了什么，只要有自己的家，他莫大平是什么样的苦都咽得下的！

莎莎不停地用双拳捶着老爸的背。小莫说："闺女，再狠劲一点敲，越狠越好！"

小莫并不知道这时童月一直站在门口，用极不满的目光望着他。久了，她自言自语地说："这个死鬼哟，就知道自己舒服，莎莎才五岁呀！"

小莫显然听到了，回敬了她一句："多嘴！"

他说话的声音很大，双眼却仍舒心地闭着。

莎莎看见了妈妈，便扔下老爸扑向妈妈，泪声泪气地诉苦："妈，我手疼！"

莫大平起身，冲着女儿的背影喊道："你给我回来捶背！"

童月护着女儿，斥责丈夫："你的疯病又犯了？你有胃口就吃了我吧！"

陈二位没再往下讲了，藏家人特有的那两片厚嘴唇在颤抖着。我也不便问了。

在我等待了足足有 10 分钟后，他才告诉我，是童月那句"你的疯病又犯了"的话，戳痛了他的心。他接着说，谁要说莫大平得了"疯病"我跟他急。但是，小莫确实有病，什么病？我说不清，谁也说不清……

陈二位不言声了。

二位跟我再次提起小莫，是在两天后，不过他绕了个弯子，说，我给你讲另一个兵的故事，当然这个兵的事与小莫有关。至于怎么有"关"，那就要你费心琢磨去了。

五道梁的水土养出了什么人

陈二位讲的这个与小莫有关的战士叫朱志军，他比莫大平的兵龄还多一年。12 年漫长的兵营生活间，他没挪窝地在五道梁兵站发电机房工作。不足 30 平米的空间就是他的天地，他所有喜、怒、哀、乐的故事，都毫不例外地浓缩在了这个狭小的空间里。

在几百里青藏线上，五道梁自然条件之恶劣尽人皆知。然而，对老兵朱志军来说，氧气缺一半他可以忍耐，被人形容成能把鼻尖冻裂的严寒他也能坚持，惟独这刀刃也戳不透的寂寞把他的心咬得伤痕累累。一年 365 天，他除了吃饭去食堂，睡觉回宿舍，其余的时间都在发电机房泡着。一个人成天孤独地守着一台喧嚣不止的发电机，耳朵是聋的，眼睛是涩的，鼻孔是黑的，脑子是木的。他就想冲出这 30 平米的空间，找个人聊聊天，或到草滩上跑几步，吸几口新鲜空气，他还特别想蹲在公路边看一看南来北往的汽车，那些车上肯定有来高原旅游的女人，要知道他已经有三年多没有认真地看一眼女人了……

终于，有一天. 他小心翼翼地跟领导提出，希望能给他换一个工作，他没敢说出从此就离开发电机房，只是说暂时挪个位他先干一段时间别的工作，然后他还会再回到发电机房的。领导似乎一眼就看透了他朱志军的心思，便说明叫响地给他把事情挑明了："小朱呀，咱站上就屁股大的这么一块地方，换到哪里都是苦差事，走来走去都是五道梁。你想甩开手脚痛痛快快地潇洒一番，咱没那个条件!"随后，领导又掏心里话地告诉他："小朱呀，这台发电机是咱全站的'心脏'，如果它出了故障，站上就没有光明和动力了。你是管发电机的技术能手，站里一分一秒都离不开你。"朱志军再也不吭声了，他知道自己是个兵，就得忠心耿耿地尽兵的职责。

朱志军又倾心尽力地坚守在发电机房了。时间一天天地过去了，他忘了外面的世界，也不记得自己曾经有过想离开发电机房的想法。一切都顺其自然，一切都为了那个"心脏"的正常运转。他已经把自己的身子和心与那台发电机融为一体了。后来战友们都说，朱志军已经变成一台发电机了。

同志们最先发现他性格上的变化是从与他的对话开始的。无论你多么激动或多么冷静地给他讲什么事，他总是爱理不理的样子，讲完了，他也不表态，跟没你这个人也跟没他这个人一样。你被他冷落了，便不得不带着捍卫自己尊严的口气问他："小朱，我说的话你听见了吗?"他开了口："我又不是聋子。"你再问话，他就不搭理你了。

一方水土养一方人。五道梁养出了什么人?

有一点五道梁兵站的同志们谁也不会否认：朱志军对自己的本职工作如痴如醉地热爱着，对给战友带来光明、给过往人员送去动力的那台发电机竭尽心力地守护着。

他把苦闷、孤独和向往，都倾注在那支从格尔木买来的圆珠笔端，写呀写呀，谁也不知道他写了多少，写了些什么。他的笔记本锁在床下面自己钉成的小木箱里。

他不担心有没有人记着他。

他也不在意有没有人忘记他。

孤冷的阳光从窗户射进来，给满屋子洒下水波一样的柔光。

陈二位慢慢地抬起头来，我能看得，他在梳理着纷乱的思绪。他说："下面，该给你讲莫大平的故事了!

"不，你已经开始讲他的故事了!"

太阳又升高了些，洒在屋里的光线更美丽了……

琢磨不透的小莫

陈二位上任站长后第一次和莫大平见面，就落了个很尴尬的局面。时间是 1998 年夏天。这时小莫已经当了 8 年兵，站上的同志都称他是"老一辈无产阶级革命家"。他从不否认，眉宇间还透着一种自豪感。

二位家访小莫完全是出于一颗善良的心。他想，小莫在五道梁有妻室儿女，在那间既不是家属院又算不上招待所的小屋里，应该溢满组织上的同情和关爱，更何况小莫还是个性格古怪的老兵呢！谁知，二位来的不是时候，正遇上莎莎发着高烧。小莫的爱人童月抱着哭声不止的女儿摇呀晃呀地哄着，嘴里还哼着不知是催眠曲还是进行曲之类的小调。站长来了，童月不知所措地赶紧让座："站长，快，请坐。真不好意思，屋里太小又乱。"

小莫忙站起来挡在妻子和二位中间，对妻子说："有我这个当家的在，还轮不到你迎客。"他又转向二位："站长大人，你串门也不问问主人欢迎不欢迎你？"

说完，他举起手臂指着门，二位这才看见那个一块块木条钉的门板上贴着一张字条，上面写着："家有病人，概不会客。"

二位："小莫，叫医生来给孩子瞧瞧病，这个地方得了感冒可轻看不得！"

小莫："谁轻看来着？给孩子看病，我比你还急。你就直说吧．你今天到我家里来，难道就是为了催我找医生给女儿看病，没有别的藏着掖着的什么任务吗？"

"小莫，你这话说到哪里去了，我初来乍到，今后咱们就要在一起相处了，我是老哥，你是小弟，为哥的来认认门总不会有什么错吧！"

"实话实说，你今天上门来是不是要强按牛头给我灌输大道理，教我如何做一个优秀士兵？"

"小莫，我诚心诚意地让你做一个优秀士兵有什么不好。"

"可惜，别人已经种上青稞了你才来送种子，晚了。你到站上角角落落打听去，我姓莫的比优秀士兵还要优秀一大截呢，咱完成领导交给的任务从来不含糊，你不信？"

"我信，站上其他几位领导已经给我介绍过你的情况了……"

小莫打断了二位的话，追问："介绍？他们是怎么给你介绍我的情况的？"

"你不是已经说了吗？比优秀士兵还优秀一大截呢，他们确实也是这么介绍的。不过，人无完人，在你身上也不是没有可挑剔的毛病……"

"挑剔？你们就知道挑剔，挑剔！你们到底给过我多少关怀，跟我跑过几次车？……你们知道我在那个小小的驾驶室里是怎么过了这么多年的吗？"

小莫说着，竟泪声涟涟地哭了起来，哭得好伤心。二位一时慌了手脚，真不知怎么办才好。

就在这时候，门外有人喊道："小莫，赶快出车，有一辆地方的汽车在楚玛尔河畔翻车伤了人，你拉上军医去抢救！"

喊话的是站上的教导员。

"站长，我要出车了，咱们的论战到此结束。"

说罢，他就顺手拽上放在床沿的大衣，看了一眼抱在童月臂弯里的莎莎通红的小脸，跨出了门槛。

陈二位望着渐渐远去的小莫的背影，陷入了沉思……

当晚，莫大平出车后回到站上就躺倒了。据说他回来走到兵站门口的小饭店吃饭时，一个人抱着大碗喝闷酒，醉了……

荒原饭店的女老板

在兵站门口那块石头上陈二位已经呆坐很久了。

晨曦渐渐退去。

二位对我说：我不想说的话才是最重要的。好啦，我接着给你讲下去吧——

陈二位敲开了青藏公路边一家名为"荒原"的小饭店的门。

店老板是个藏族尕妹子，二十五六岁，叫尼罗。她显然刚睡醒，脸上散乱着缕缕头发，脚上的藏靴也没有穿周正。二位肯定是她今天接待的第一个顾客了。

"大哥，这么早就来用餐，想吃点啥？"

"不，我不是来吃饭的。想跟你聊聊天。"

"跟我聊天？"

"我是兵站的站长，是正儿八经想跟你了解一些我们同志的情况。"

"你是站长？不认识！"

"你说的是老站长，他已经调走了，我是刚到任的陈站长，今天我到你这儿来串串门，今后我们就是邻居了。"

"原来是陈站长。"

陈二位笑了笑，把话题一转："我们站上的小莫昨晚到你这里来喝过酒吧？"

女老板一听脸刷地红了，不过，她很快就恢复了平静，坦然地说："我这小饭店，上拉萨的人刚起程，到格尔木去的人又落脚，从早到晚接待四方来客，有的见一面就成了熟人，有的就是登门十几次仍然很陌生，他们掏钱我做饭，来了就是客，出了门谁也不知道谁。"

尼罗的送番话使陈二位马上想起了《沙家浜》里的那个阿庆嫂，他

170

说："你真会说话，可我并不想知道这么多，只是问你小莫昨晚是不是来这里喝过酒？"

"小莫，没听说过。我只知道有个莫大平，开汽车的司机。"

"对，就是他！"

"五道梁的地面上也就三四家小饭店，过往的客人多，家家的生意都红火，我这儿比别家更热闹，因为我的饭菜实惠、价钱又低，所以莫大平常来这儿垫垫肠子、洗洗胃完全是情理之中的事。"

"你这饭店开张几年了？"

"有八九年了吧！"

"那就是说，小莫从一当兵就是你这儿的常客了。"

"也可以这么说吧。"

"以后小莫来喝酒时，你应该劝劝他，不要喝闷酒，给他做些可口的饭菜，他会感谢你的。喝酒对一个有心事的人来说当时也许是一种解脱，长期下去却埋下了痛苦的种子。"

陈二位第一次到荒原饭店与尼罗的谈话就到此结束。他虽然未得到什么情况，但证实了莫大平爱人童月跟他说的话：小莫和荒原饭店的女老板关系很密切……

那一天，陈二位从小莫家串门出来一回到办公室，童月跟脚就来了，她开门见山地说："站长，你一定要管管小莫，不要让他再往那个饭店跑了。"

陈二位让童月坐下，有话慢慢说。

童月不坐，气呼呼地说："我也不知道大平是什么时候认识那个女老板的，我们结婚后他还是断不了常去那里。"

二位问："据你的观察，小莫到那个饭店去是做什么？"

"做什么，我不知道，也不想知道。反正每次回来都是醉醺醺的。你想想，男人和女人在一起还能有什么好事吗？"

第三辑 雪原爱情

"不要总把事情往坏处想嘛，世上除了男人就是女人，如果男女之间不来往，这个世界就僵死了。"

"我不是这个意思，只是说对有的人就是要限制一下他们的来往。"

陈二位不愿就这样的话题再扯下去，便另找了个话头，问道："你和小莫是哪一年结婚的？"

童月回答："1995 年 8 月 21 日我们在兵站会议室里举行的婚礼。这是五道梁有史以来第一次举行这样的婚礼，当时可热闹了，会议室里人挤得满满的。本来只安排三个人讲话，没想到好多人都主动发了言。婚礼结束后已是深夜了，大家还不愿离去，拥在新房里。"

"你是第一个在五道梁落户的女人！"

"荒原饭店的那个女老板也参加了婚礼，她还跟我握了手，祝福我和大平好好过日子。"

"后来你和她还有过来往吗？"

"很少。有时大平出车回来我见他不回家，就跑到饭店找人，他准在那儿喝酒。我去后看到那女老板总是在忙着收拾碗筷、端饭，开始她还招呼我坐下，问我吃什么喝什么，后来就什么也不说了，只是忙她的事，顶多对我笑笑。再后来连这点笑也不给我了。"

"小莫都和一些什么人在一起喝酒？"

"就他自己一个人窝在小角落里扎着脑袋闷喝。"

"女老板对小莫说些什么话？"

"她跟小莫基本上没话，只是在我拽着小莫离开饭店时，她一直望着我们。"

"噢，我知道了！"

……

后来，二位又见到了尼罗两次，仍然一无所获。

……

一只白鸟斜着翅膀飞过。

所有的山脊上都顶着很厚的云层。

陈二位继续讲着五道梁的故事……

老爸老妈点燃了爱的火

莫大平当兵的第三年，高原反应折磨得他死去活来，不得不下山住进了格尔木22医院。实事求是地讲，小莫是不愿意进医院门的，他说他的身体结实得像牦牛，什么病都能扛过去。医生严肃地告诉他，也许你能扛过去别的病，唯这高山病是扛不过去的。一个月后他从医院出来又回到了五道梁，虽然身体很快就恢复了，但从此落下了一个治不好的病：头疼。

小莫继续干他的司机行当。也怪，平时不管头疼得多么唬人，只要握上方向盘，疼就消失了。还有，犯头疼时抿上几口酒，也就安然无恙了。自然，开车上路他是不喝酒的，头再疼也得忍着。

这次住院后，莫大平的性格发生了出乎大家意料的变化，整天沉默寡言，锁着双眉。然而一旦遇到不顺心的事，他便打破沉默，暴跳如雷，声嘶力竭地吼叫起来。这种变化无常的脾气使大家对他有些惧怕，连平时很亲近他的人也不得不避让三分。

莫大平的变化还与他工作的环境有关。他终年都是一个人出车，回到站上多是深夜，有时甚至是飞着大雪的凌晨，来来往往均为单身孤影（当时他未成家），时间久了，便形成了这种孤僻的性格。高原反应症的无情折磨又给他这种性格来了个火上浇油，本来很内向的他就越发变得不近人情，与众不同了。

令人欣慰的是，不管莫大平的性格多么古怪难缠，他仍然一成不变地忠于职守，兢兢业业地开着他的汽车，每一次任务都完成得十分出色。然而任何事情都有其两面性，正因为莫大平是个干活让领导放心的好兵，领导就不用匀出更多的精力和时间去做他的工作了，这样对他的关爱相对地也就少了。

其实，莫大平的痛苦在这时候已经达到了难以忍受的地步，只不过他一如既往地仍然把痛苦压在心底。

点燃心头痛苦之火的是他的老爸老妈。他们要儿子成家。快给他们抱孙子。

两位老人千里迢迢来到五道梁，两头算在内住了三天，对儿子具体说了些什么，别人无从知道。但是，他们此次高原之行的效果很快就从莫大平的身上体现出来了：他给站上递了一份要求退伍的报告。理由很直接也颇简单：23 岁了，该回家娶老婆了！

这是意料之中的事。领导没同意他的要求，把报告退了回去。理由也很简单：培养一个好司机不容易，目前站上需要他这样的让兵站放心的司机。莫大平毕竟穿了好几年军装，明白一个常识，服从命令是军人的天职。退伍的事他暂时不提了。

但是，小莫并没有忘记回家成亲的念头。想女人，爱女人，这就是性爱。性爱是个不中听的词儿，但谁都会有这种天性。如果说当初他还是朦朦胧胧知道这种爱的话，那么，老爸老妈的五道梁之行使他逐渐明白了它。从此他脑海里就装上了一个固定的女人的形象，那便是他未来的媳妇。

他在藏家姑娘怀里得救

傍晚，兵站营门一侧的坡上照例落下一群黑压压的乌鸦。乌鸦扑棱着翅膀，整个山坡仿佛都在颤动着。奇怪，这里没有树没有房，乌鸦根本无法做窠，怎么栖身？

一个藏家尕娃朝坡上扔去一块石头，乌鸦群不动，只是展开了翅膀，头高仰着。他再扔去一块石头，乌鸦哗一下全飞走了，满天空零散着数不清的黑点。

傍晚看黑鸟归窠，成了五道梁一道独特的风景。

陈二位告诉我，乌鸦坡上有故事……

那个暴风雪席卷可可西里草原的夜晚，莫大平是怎样被卷进风雪中，后来又被什么人抢救出来，他一概不知道。至今记忆犹新的是，次日黎明他醒过来后躺在一个藏家姑娘的怀里，旁边是飘着蓝色丝绢样火苗的地火龙，他感到很温暖。姑娘见他睁开了双眼，惊喜地呼叫了一声："兵哥!"然而，他很快又陷入了昏迷。

他本来是给被暴风雪围困的牧民送救灾物资的，没想到倒叫别人救了自己。他再次醒过来时，已经躺在兵站的卫生所里了。军医如释重负地说："小莫，你总算醒过来了!"他对军医说："昨晚是不是几乎要了我的命?"军医说："昨晚，你已经在卫生所躺了整整三天了。"一直守着他的一个战友告诉他，他的汽车已经被同志们从雪沟里拖回了兵站，没有大的损坏，稍加修理就可以跑了。

"那个藏族姑娘呢?"

"姑娘? 哪里有姑娘?"

在场的人都对小莫的问话感到莫名其妙……

小莫身体恢复健康是 20 天以后，冻伤了的手、脸、脚留下了块块疤痕。

他再没跟任何人提起过那个藏族姑娘，只是默默地把她牢记在心里。他知道，如果不是她那天夜里救他，说不定他已不在人世了。

从那以后，莫大平常常在出车的间隙，独坐在兵站对面的山坡上，眺望遥远的长江源头。那夜他就是在那儿被暴风雪吞没的，也是在那儿得到了一个陌生姑娘的温暖。具体的地点他说不上来，但他知道大体的方向就

第二辑 雪原爱情

在唐古拉山下，当时他是开着车向那儿奔驰的。然而，他什么也没有望到，满眼是苍茫的荒原……

奇怪的事情发生在一个飘着6月雪的傍晚，当时小莫正痴情地向远方眺望，猛不丁地飞来一只乌鸦落在他身边，那黑鸟一点也不怯生，偏着脑袋望着他，好像要和他对话。他一下子仿佛领悟到了什么，便对乌鸦说起了话："鸟儿，你找我吗？有事在求我吗？那你就快说吧！"那只乌鸦似乎听懂了他的话，呱呱地叫了几声，随着这叫声，许多乌鸦便飞落到了坡上。

西藏的牧民视乌鸦为吉祥鸟。

这满坡的乌鸦是莫大平引来的。从此这儿就成了乌鸦坡。

他一厢情愿地眺望着，眺望着。当然不全是坐在山坡眺望，躺在床上也眺望，开着汽车也眺望，有时做梦也眺望……直到有一天兵站门前开张了一个叫做荒原的饭店……

姑娘什么也不告诉他……

莫大平在双脚迈进荒原饭店之前，无论如何没有想到几分钟后甚至几秒钟后，在他的生活中会出现一件先是令他惊喜继而到来的却是痛苦的事情。出车刚回来，肚子饿了，他只是想随便吃一顿饭，如此而已。

他实在没留意什么时候这儿突然冒出了这个荒原饭店，总之，是最近几天的事。他确实是无心无意地踏进了饭店的门。迎接他的是一位长得很得体皮肤很白净的藏族姑娘。他还没有落座，姑娘就柔情似水地叫了他一声"兵哥"。"兵哥"！好熟悉好亲切好挠心的声音，他不由得抬起头多望了姑娘一眼，问："你来五道梁前住在什么地方？"姑娘诡秘地一笑：这个不能告诉你！莫大平脸一红，低下头不语了。他知道，藏族姑娘像汉家女一样不会轻易告诉别人她的住址。

这一天，他心神不定地吃了饭。

回到了兵站。不用说，是失眠的一夜。

难道她真的来到五道梁了？

后来，他又去了几次荒原饭店。姑娘再也不叫他"兵哥"了，但是，对他的服务比第一次还要热情，还要周到。

天上有云，雪酝酿多时，却一直没有落下来。

小莫又往荒原饭店奔去。

别人问他："怎么老到那儿吃饭，吃不腻吗？"

莫大平不回答。

站长夫人彭翠来到五道梁

陈二位说："荒原饭店女老板的出现，恰逢小莫的爹妈给他张罗娶媳妇的当儿。他递上去的那份退伍报告就是迎合老人这一如意算盘的行动。可现在，他再也不提退伍的事儿了。"

二位接着说："大家都很同情小莫，站长刘三太多次和他谈心，他要么闭口一言不发，要么就吼着让站长走开。在这种情况下，站长想出了个绝招，把他的妻子彭翠从格尔木家属院叫上山，让她和小莫聊聊天。也许女人能跟他谈得拢？站长学过心理学，他懂这个。自然刘站长是我们的前任站长了，当时我还没上任呢！"

彭翠的嘴甜得像抹了蜜，她一见莫大平就说："小莫，这回咱俩要好好拉拉家常。咱说悄悄话，不让三太听到，也不许你的其他战友知道。"小莫听了咧着嘴皮乐呵呵地光笑。可是，他仔细一想，不对，嫂子是人家的媳妇。于是就说："嫂子，你不要用甜蜜蜜的泡泡糖哄我了，我是三岁娃吗？"

这时，站长三太在一旁给妻子帮腔："你嫂子前天在电话里跟我说，快一年没上山了，怪想同志们的。她指名道姓地问我小莫生活得怎么样，需不需要她干点什么。"

小莫没有理由不相信嫂子的诚心，他立马就说："嫂子，今天晚饭到外面饭店为你接风，我做东。"彭翠也不推辞说："好，嫂子接受你这份心意。"

彭翠不推辞小莫这番盛情是有原由的。头年她来过一趟五道梁，正遇上小莫生病，她便像大姐似的关照小莫，为他做可口的饭菜。小莫自然很感激，现在想尽地主之宜是可以理解的。

小莫为彭翠接风并没去荒原饭店，而是选了它斜对面的另一家饭店。五道梁这地方的饭店都是路边的一两间泥土平房里摆几张四条腿不一般齐的简易桌子，吃的多是牛羊肉，价钱昂贵。蔬菜的价贵得就更吓人了。当地不能种菜，三天两头要到格尔木、敦煌去拉菜。这顿饭虽然吃得很简单，但可口可心，用小莫的话说，这全是因为嫂子在场。尤其让小莫感到心满意足的是，嫂子让他喝了三杯酒。彭翠是这样讲的："我知道你们站长在全站军人大会上宣布平时要大家戒酒，特别是司机一律不得喝酒。我理解，可遇上高兴的事，大家在一块儿碰几杯，也是人之常情。嫂子大老远地上了山，小莫有这么一片盛情，如果不喝喝酒，就显得太淡漠了。再说小莫今天也不出车了，三太，你说呢？"三太光笑不语，小莫抢着说："还是嫂子有人情味，戒酒不等于不喝酒。"他把头转向三太，说："站长，你知道我为啥尊敬你吗？因为我尊敬嫂子。嫂子如果是个军人，官一定做的比你大！"彭翠冲着小莫说："你不要因为我允许你喝了几杯酒，就拼命地给我戴高帽。我的开戒是有限的，也就是说，我支持三太让你戒酒的禁令。"小莫说："看看看，嫂子你又退了，当不了老公的家。啤酒不算酒，我喝啤酒总可以吧！"

吃完饭，小莫找饭店老板结账，老板说："站长已经付过款了。"小莫返回来问彭翠："嫂子，你小看人，为什么让站长买单？"彭翠笑笑，说："想掏钱请人吃饭还不容易？机会给你留着，下次一定让你破费！"

他们回到兵站天已经黑了，刘三太把全站人员集合起来进行晚点名。谁也没想到，就在这时候，琢磨不透的莫大平又惹了祸。

按规定站长点到谁的名字，谁就答一声"到"。三太点到了司务长李海，李海利利索索地答了一声"到"，莫大平便扭过头推了李海一把："你怎么站在我的后面？"李海说："我为什么不能站在你后面？"就这样，两个人你一言我一语地吵了起来。

刘三太留下莫大平，批评道："人家李海碍着你什么了？"小莫说："我一看见他心里就犯气。"三太说："今天你必须写出书面检查来，向全站人员检讨自己的错误。"小莫说："我有什么错？我就不写！"

彭翠很快得知了小莫惹事生非的事。她觉得是自己犯了错误，让小莫喝了点酒。她把他叫到了自己的住处。

"小莫，你这娃的心眼好，嫂子今天刚一到站上，你就提出给嫂子接风，从饭馆回来的路上我还跟三太一个劲儿地夸你呢。"

莫大平原以为嫂子会眉毛胡子一把抓地狠批自己一顿，没想到嫂子一上来就摆他的好，说他心眼好。莫大平反倒有点受不了啦，说："嫂子，你打我骂我吧，我姓莫的太混了，我对不住嫂子！"

彭翠仍不慌不忙地说："听说你和李海吵架，弄得嫂子很不高兴。也怪嫂子今天让你喝了点酒，我现在看出来了，三太让你戒酒是对的。"

小莫："嫂子，今后我连啤酒也不喝了！"

彭翠："一是不要喝酒，二是要改改你这娃娃脾气。你还年轻。今后的路长着呢，在部队上大家都了解你，能原谅。退伍到了地方，人生地不熟，你再耍这娃娃脾气，要吃大亏的！"

莫大平听到这里，胸口憋出一口气来，说："站上有些小子仗着自己是军官，就瞧不起我们这些兵。大家好不容易盼到一次吃排骨，他给当官的吃肉，让当兵的啃骨头。对这样的司务长。我对他就不客气，李海他盛气凌人……"

彭翠打断小莫的话："嫂子来五道梁看你，是因为听说你进步了。如果你再闹事，我明天就下山去了。"

"嫂子，你千万别走，我惹你生气下了山，刘站长和大家都不会饶我的。你不知道，你来山上，这是看得起我们这些兵光棍。刘站长需要你，全站的同志都需要你。嫂子的话我听进去了。"

当晚，莫大平回到宿舍里，对战友们说："我今后再也不喝酒了，你们大家监督我！"

防不胜防的结婚报告

一年一度的老兵退伍工作开始了。

刘三太找到莫大平，想同他聊聊天。虽然小莫许久都没有提退伍的事了，但摸摸他的心脉，掌握一下他的真实想法是很有必要的。当然，三太听到的关于小莫与荒原饭店女老板的传闻也是他此次谈话的一个内容，传闻终归是传闻，如果小莫能站出来说个明白那就再好不过了。

三太进屋后，小莫并没有让座，只是抬头望了他一眼。

三太："小莫，关于退伍的事，近来有没有什么新的考虑?"

小莫："我为什么一定要告诉你我的想法?"

"小莫，我是把你当成亲兄弟看待，才来跟你拉家常的。我哪儿做得不合适，你可以大胆地提出批评，我会诚恳接受你的意见。"

"站长，你既然允许我提意见，那我就不客气了。我很烦你们这些当官的动不动就吹牛皮唱高调，什么把我们看成阶级兄弟呀要大家扎根高原呀，你们像走马灯似的，三年两载在五道梁的被窝还没暖热就走了，却要我们在这儿搭窝下蛋孵鸡娃!"

"小莫，你这话说得离谱，我当了 19 年兵，在 4000 米以上的山上待了 18 年！"

小莫却是不屑一顾地说："好，就算你是英雄，你是模范，又能怎么样？你还想让我这个小兵也在青藏线上待 18 年吗？你有老婆有孩子，在格尔木有舒舒服服的家，我能跟你比吗？"

刘三太立马接上去说："我希望你早成家，早……"

小莫立刻打断了三太的话："我现在就申请结婚！"

他说着，就从床铺下拿出一张纸，放到站长面前的桌子上。

刘三太一看，一份申请结婚报告。他脑子里马上闪出一个疑问：他要跟谁结婚？

为什么走不出尼罗的影子

陈二位顿住了与我的交谈。他的眼里含着泪花。

他被谁感动？我不禁问："小莫到底要跟谁结婚？"

他并不回答我，只是说："从来就没有哪个男人永远不倒下。五道梁这个地方真折磨人，把一个好端端的小伙子弄成像丢了魂的人，没有了魂还得背着沉重的高原，每天每月每年都要跑着干活。这就叫灵魂的奉献，叫看不见的奉献！"

人都是为他所爱的人活着的。

莫大平鼓起勇气与荒原饭店女老板谈话是在半年以后。那天，他坐在女老板面前，单刀直入地说："你告诉我，在今年入冬的第一场暴风雪中，你是不是救了一个解放军司机，地点就在兵站前面长江源头一个放牧点上？"

尼罗的双眼瞪得像小铜铃："暴风雪？救金珠玛米？长江源头？我真不明白你在讲什么！"

"告诉你吧，那天夜里躺在你怀里的那个兵就是我，你叫着'兵哥'把我唤醒。这样的事我是不会忘的。"

"忘记不忘记那是你的事。可是，我从来没有把一个素不相识的兵抱在自己的怀里，怎么可能发生这样的事呢？在我还很小的时候阿妈就教我看见大路上走来尕男人要低下头。至于叫兵哥嘛，那是做生意人的习惯称呼，也是出于我对金珠玛米的尊敬。"

这个叫尼罗的藏家姑娘真的拿她没任何办法。在以后的日子里，当莫大平又来到饭店时，他不再和姑娘纠缠什么"怀抱""兵哥"之类的了，只是闷着头吃饭，偶尔也抿一口酒。

莫大平很失望。他失望的不是自己没有找到救自己的姑娘，而是失望尼罗为什么总是羞羞答答地不敢承认救过他的这个事实。

五道梁本来就很少见到女性，现在好不容易遇到救了自己命的姑娘，可她为什么就是不承认？莫大平想着，百思不得其解。

不久，他的老爸再次来到五道梁，还带来了一个姑娘，逼着他成亲。他不从。他脑了里已经装上了这一个"她"，就不容许另一个"她"进来。

后来，隆冬来到可可西里，大雪飘飘。荒原饭店在青藏公路上断了来往行人的日子里关了门，女主人也不知消失到哪里了。这时，一位战友帮助他认识了一位在格尔木打工的河南姑娘童月……

他和童月结了婚。

随着格桑花在草原上铺开，荒原饭店的店门也像花瓣一样展开了，尼罗又出现在五道梁……

小莫没有忘记尼罗。

陈二位讲了另外一个故事

我在五道梁兵站住了半个月。自然是为了采访到莫大平的故事，为此我还跟着他跑了两次车。

有没有收获呢？许多人都这样问我，陈二位站长问得最多。

我不知道该怎么回答，只好所答非所问地说：我总觉得莫大平既不把我当外人看又不把我当知己待。他确实很少开口说话，跑一趟车短则半天长则三天，也许他只说两句话："上车"，"下车"。其他人我也采访过不少，倒对我蛮热情，话角也密，但是没有人能把莫大平的行为、尤其是心事点透。留给我的印象是，谁对他的了解好像都是似是而非。

不管怎么说，我不会就这样离开五道梁，陈二位站长答应还要和我谈谈情况。于是我找到他做告别前的最后一次采访。我给他提出了三个问题，请他回答，都是向他要答案，如果他图省事，三言两语就可以打发我。这三个问题是：第一，他常常眺望的那个坟里安葬的是什么人；第二，站上到底打算怎么解决莫大平的问题；第三，以他站长的视角看问题，莫大平为什么总是不忘尼罗。陈二位听罢我的提问，脸上显得很深沉，说，你是作家，尽管可以提问题，别说三个，30 个也可以提。不过，我很可能连一个问题也回答不上来。这样吧，我给你讲讲自己的故事，我相信它会帮助你解开脑子里有关对小莫的疑团。

我看出来了，即将开始的这是一个很沉重的话题。

"你看见了吗，兵站对面山坡上的那个土堆里，掩埋的就是我的阿姐，她叫桑吉卓玛。阿姐长得很美，能干得简直使我们每一个弟弟妹妹都对她望尘莫及。她离开这个世界时只有 25 岁。她的死是我们一家人，包括认识她的所有的人都没有想到的……"

二位就这样开始讲他自己的故事了。

遇到暴风雪对桑吉卓玛来说，完全是意料之外的事。午后她从唐古拉乡政府所在地沱沱河动身时，还是朗日当空，柔风拂人。没想到她骑马走出不到五里地，暴风雪就铺天盖地地漫了过来，仿佛只是一眨眼的工夫，她就被呛得晕头转向，不分东西南北了。后来她是经过怎么样的周折爬到了一家牧人的帐篷里，连她自己也说不大清楚。

桑吉卓玛是民族学院的学生，在即将毕业的前夕，她主动要求来到长江源头的牧村做社会调查，她调查的题目是《游牧转场的现状及展望》。毫无疑问这个题目的选择就意味着向困难挑战，更何况她在定下这个题目的同时还寄托了这样一个愿望：最好能使自己置身于转场的实践中去。转场的实践绝非一个模式，有风和日丽中的转场和狂风暴雪中的转场之分，不用说她企盼的是后者。现在，暴风雪真的来了，桑吉卓玛却有点措手不及，甚至惊慌起来。她永生都记着将她从飞卷的大雪背到帐篷里的这位名叫多吉的老阿爸，他是经过怎样艰难的跋涉把自己救出来，这已经不重要了，关键的问题是她活下来，可以完成书写游牧的牧民在暴风雪中转场的调查文章了。的确，当她在阿爸的暖和的帐篷里醒过来后，就是这么想的，要完成社会调查任务。

后来，阿爸告诉她外面的风雪里有汽车发动机的轰鸣以及隐隐约约的呼救，老人根本没有征求意见的意思，说罢就出了帐篷扑进风雪之中。她跟脚而去，却没有追上老人。这时，不知从何处传来的阿爸说的那个呼救声牵着她的心，她不由自主地跟着那时断时续的声音走去……

阿爸的帐篷不知被她的脚步甩在了什么地方，她只凭感觉摸索着前行，呼救声离她越来越近了，汽车的发动机声已经听不见了。她由走动变为爬，其实爬比走还要艰难。她觉得那声音明明好像就在很近的什么地方，为什么总是靠不近它呢？噢，她被雪埋住了，身下似乎是一个不大不小的坑，她也不明白自己是怎么掉进去的。爬，往出爬！用劲，再用劲……

在她摸索着走到那已经微弱的声音跟前时，声音突然戛然而止，只有狂呼乱叫的暴风雪灌满两耳。她东摸西刨才从冰冻的积雪中找到一个浑身都是冻雪的人，那人显然还活着，不过已经没有力气说话了，嘴里塞满了雪。也许是他想用雪填充饥饿的胃囊，也许是他刚才呼叫时雪团随风卷进了嘴里。桑吉卓玛费了很大劲掏出了他嘴里的雪，之后便背起他往阿爸的帐篷爬。雪不是冰，雪是火。她已经不觉得冷了。

帐篷在哪里？她不知道。

她像背着一座山前进着。大约只爬了十多步远，她就再也背不动这个被风雪冻得失去知觉的人了。于是，她便拖着他慢慢移动。她已经预感到自己很难把这个人救出今夜的暴风雪了，一是她的力量有限，二是她根本不知道哪儿是她和他得救的家。不得已，她便使尽所有力气喊起来，喊些什么，不知道。她想，只要有人能听到她的声音，她和他就有可能得救……

陈二位那藏家人特有的厚厚的嘴唇在剧烈地颤抖着。他对我说："阿姐去世已经8年了，我每天打开窗户或走出门槛，就能看到阿姐。"

我知道他指的是对面山坡上的坟。任何一个失去亲人的人都会触景生情，故去的亲人生前的每一件遗物也会勾起痛苦的回忆，更何况那山坡上躺的就是阿姐的真身呢！

我想知道那夜桑吉卓玛更多的情况，就问二位：你阿姐后来的事情你可一点也没有讲呀，告诉我，她是怎么死去的？

看得出二位极不愿意提及这些往事，他很随意地说道："你一定会想到我阿姐救出的那个冻得失去知觉的人就是莫大平。他如何获救的过程我想我没必要细说，但阿姐是怎样走向死亡的我倒要多说几句。后来，也就是莫大平安静地躺在阿爸帐篷里之后，阿姐想到多吉阿爸还没回来，她便又出去找阿爸去了。自然阿爸是找到了，不，更确切地讲，是阿爸找到了她。但是她已经冻得昏迷过去了，这一昏迷就一直没有醒过来！我见到阿姐是在第三天的早晨，暴风雪早已停了。我本来是去接小莫的，没想到小莫已经被救灾的军车送进了医院。多吉阿爸领我到了他的帐篷，就是在他

第三辑 雪原爱情

的帐篷里，我看到了阿姐的遗体。她被一块并不十分干净的白布包裹着。阿爸含着泪给我讲了那天夜里发生在他帐篷里的一切，当时他还不知道我就是桑吉卓玛的阿弟。一直到今天，我都没有告诉任何人献身在暴风雪转场中的那个女大学生是我的阿姐。她是个默默无闻的藏家姑娘，我也应该做一个默默无闻的阿弟。"

二位终于把话题涉及到了莫大平身上，他说："我完全理解小莫，他对救了自己生命的藏家姑娘的那种诚心的感情是非常可贵的，我很受感动。我更同情他，五道梁这个自然条件十分恶劣的环境使他的性格变得异常了，使他的情感世界变得复杂了。这不能怪他……不，我要纠正我的话，五道梁是个好地方，我们都深深地爱着这个地方……"

这时候，我突然产生了一个想法："莫大平最好永远不要知道这件事的真相……"

我就要离开五道梁了，心里有一种难以形容的感情涌动着。有对莫大平的期待，有对尼罗的同情，也有对守卫五道梁每一个兵的苦涩的崇敬。

使我没有想到的是，这时莫大平神不知鬼不觉地从五道梁消失了，我找了好几个角落都没见到他的人影。陈二位告诉我，小莫出车了，给拉萨驻军运一批日用品。二位还说，小莫是有意躲开不见我的。我纳闷："这是为什么？"二位说："他说你这次来高原是采访他的，可他呢很不争气，没有什么事情值得你写，觉得对不起你。"我听了心里酸楚楚的。

黑暗照亮了星星，身处黑暗中的人常常看不见自己。

明天，我将怀着难分难舍的心情离开五道梁。当晚，陈二位邀我出去走走。我马上意识到，他是要同我一起去"望坟"。一问，果然是。我问：你不是每天清晨去"望坟"吗？今天怎么改了时辰？他说："今晚月亮很亮很明，阿姐肯定会出来赏月的，我想见见她。"我不敢再问下去了，我知道再问他会伤心流泪的。

一钩月牙挂在唐古拉山的山脊上。它像兵们思念的眼睛，今夜瘦成一弯镰刀，收割着军营里的乡愁。大地上是一片灰蒙蒙的暗影。我和二位站在兵站门前的土包上，静静地望着对面山坡上那个影影绰绰的土堆，还有远处的喇嘛庙。

此刻，我感到那墓是在动，或者说是在走。

二位肃立，平视远方。那墓里的人什么也不说，唯听二位在自言自语地说着："阿姐，你走了8年了，我没有见到你，可是你一直把一颗跳动的心留在了五道梁。阿弟我的心也跟着你的心一起跳动……阿姐，你回来吧，你回来吧……"

野草没有故乡。但是可可西里正源源不断地向世界输送着野草。

二位仍然在动情地与阿姐对话。

这时，我觉得身后有响动，回转身一看，莫大平不知什么时候悄不声地站在五步开外的地方……

2000 年 8，9 月于昆仑山下
2001 年 11 月修改于北京望柳庄

为什么可可西里没有琴声

第四辑

雪里红梅

为什么可可西里没有琴声

藏羚羊跪拜

　　这是听来的一个西藏故事。发生故事的年代距今有好些年了。可是，我每次乘车穿过藏北无人区时总会不由自主地想起这个故事的主人公——那只将母爱浓缩于深深一跪的藏羚羊。

　　那时候，枪杀、乱逮野生动物是不受法律惩罚的。就是在今天，可可西里的枪声仍然带着罪恶的余音低回在自然保护区巡视卫士们的脚印难以到达的角落。当年举目可见的藏羚羊、野马、野驴、雪鸡、黄羊等，眼下已经成为凤毛麟角了。

　　当时，经常跑藏北的人总能看见一个肩披长发、留着浓密大胡子、脚蹬长统藏靴的老猎人在青藏公路附近活动。那支磨得油光闪亮的权子枪斜挂在他身上，身后的两头藏牦牛驮着沉甸甸的各种猎物。他无名无姓，云游四方，朝别藏北雪，夜宿江河源，饿时大火煮黄羊肉，渴时一碗冰雪水。猎获的那些皮张自然会卖来一些钱，他除了自己消费一部分外，更多地用来救济路遇的朝圣者。那些磕长头去拉萨朝觐的藏家人心甘情愿地走一条布满艰难和险情的漫漫长路。每次老猎人在救济他们时总是含泪祝愿：上苍保佑，平安无事。

　　杀生和慈善在老猎人身上共存。促使他放下手中的权子枪是在发生了这样一件事以后——应该说那天是他很有福气的日子。大清早，他从帐篷里出来，伸伸懒腰，正准备要喝一铜碗酥油茶时，突然瞧见两步之遥对面的草坡上站立着一只肥肥壮壮的藏羚羊。他眼睛一亮，送上门来的美事！沉睡了一夜的他浑身立即涌上来一股清爽的劲头，丝毫没有犹豫，就转身回到帐篷拿来了权子枪。他举枪瞄了起来，奇怪的是，那只肥壮的藏羚羊没有逃走，只是用企求的眼神望着他，然后冲着他前行两步，两条前腿扑通一声跪了下来。与此同时只见两行长泪就从它眼里流了出来。老猎人的心头一软，扣扳机的手不由得松了一下。藏区流传着一句老幼皆知的俗语："天上飞的鸟，地上跑的鼠，都是通人性的。"此时藏羚羊给他下跪自然是求他饶命了。他是个猎手，不被藏羚羊的怜悯打动是情理之中的事。他双眼一闭，扳机在手指下一动，枪声响起，那只藏羚羊便栽倒在地。它倒地后仍是跪卧的姿势，眼里的两行泪迹也清晰地留着。那天，老猎人没有像往日那样当即将获猎的藏羚羊开宰、扒皮。他的眼前老是浮现着给他跪拜的那只藏羚羊。他有些蹊跷，藏羚羊为什么要下跪？这是他几十年狩猎生涯中唯一见到的一次情景。夜里躺在地铺上他也久久难以入眠，双手一直颤抖着……

次日，老猎人怀着忐忑不安的心情对那只藏羚羊开膛扒皮，他的手仍在颤抖。腹腔在刀刃下打开了，他吃惊得叫出了声，手中的屠刀咣当一声掉在地上……原来在藏羚羊的子宫里，静静卧着一只小藏羚羊，它已经成形，自然是死了。这时候，老猎人才明白为什么藏羚羊的身体肥肥壮壮，也才明白为什么要弯下笨重的身子为自己下跪：它是求猎人留下自己孩子的一条命呀！

天下所有慈母的跪拜，包括动物在内，都是神圣的。

老猎人的开膛破肚半途而停。

当天，他没有出猎，在山坡上挖了个坑，将那只藏羚羊连同它没有出世的孩子掩埋了，同时埋掉的还有他的杈子枪……

从此，这个老猎人在藏北草原上消失，没有人知道他的下落。

蚊子的亮点

——藏地奇遇

青藏高原在中国西部以西，那是一杯不饮就醉的酒令人向往，又是一块随时能把人送进坟地的魔域让人惧恐。从骆驼的瘦峰与瘦峰之间吼来一阵暴风，就足以让整座大山晃晃荡荡。在风追月落的冬夜突降一场狂雪，绝对能把戈壁草原掩盖。正是这雪，看起来犹如盛开的梨花的雪，使我和副班长于大路得上了一种那时候根本不知道叫什么病的怪病。我记得真切，副班长突如其来的一声凄惨惨的嚎哭之后，泪声涟涟地喊道：不好啦，我的眼睛死了！什么也看不见了。我们都听见了，非常惊怕，不知道出了什么事。就在这时候我的眼睛也死了，眼前游动着一片黑影，好像坠入无底的深渊。可是这是大白天呀，太阳高悬，雪山明晃晃的透亮。

这是1959年隆冬发生在藏北茫茫雪原上的事情。当时我所在的汽车连正在那曲地区执行抗雪救灾运输任务。眼睛怎么突然失明了？我们那一刻手脚无措随口就喊出"眼睛死了"，真的，眼睛的功能在一瞬间消失了！当然后来我们知道了，那是患了雪盲症。整天在空气稀薄的雪地里忙碌，没有任何保护眼睛的措施，阳光中的紫外线经过雪地表面的强烈反射，刺激了眼睛，造成了伤害。连队有5个人患上了雪盲，轻重程度不同。最数我和副班长严重，眼睛红肿，发痒，流酸水。从藏北返回到青海一个叫石乃亥的地方后，我俩的眼睛仍然肿得像桃子。好在连队要在这儿休整一周，我想眼疾总会好转吧！

我们班住在一位叫卓嘎吉玛的藏族老阿妈家，在旧社会熬煎了几十年苦难岁月的老人，把对党和新生活的感激之情，全都集中到了对我们这些兵的春风化雨般的关爱上。她热情中透露着细心，勤快中不缺周到，实在令人感佩。雪盲已经缠上了我，最终它会过去的，我权当做一朵小花淋了一次雨，长一棵小树见识了一场冬雪。从根本上讲这雪对我还是好事，有了这样的经历，以后会变得坚强、豁达，更能平平安安地生活。可是卓嘎阿妈绝对不这么看，她发现我们患有眼疾以后，心疼得不得了，一天几次来问候，安慰。后来得知是雪盲引起的眼病，她双手一拍大腿说，好啦，别愁，我有办法治好你们的眼病！

我好生奇怪，她会拿出什么绝招为我们解除病痛？

当天午休，卓嘎阿妈手提一个磨蹭得锃光闪亮的铜壶，满面溢笑地来到我们班。这是一壶热水，还冒着腾腾热气。阿妈把水分别倒入我和副班长的脸盆里，说："趁热，用毛巾敷眼睛，多敷一会儿，眼睛会好的。"还不容我们说句感谢的话，她就把我和副班长的毛巾浸泡在热水里。待那水簌簌地咬透了毛巾，她捞出，拧干，捂在我俩的双眼上。随之，我就感到热乎乎的酥麻感似无数细细的钢针软绵绵地扎入眼球。当然那只是瞬间的感觉，转而便觉到丝丝冷气顺着那无形的针孔往外溢出。慢慢地就无感觉了。阿妈说，每天早晚都坚持这么用药水敷眼睛，很快会有效果的。

阿妈的行动像钟点。每天清晨在我们洗漱的当儿和晚点名的空隙，她会准时提着一壶热水来到班里。有了这位"民间医生"的精心治疗，我们的眼疾一天天见好。到第四天头上，我就觉得双眼轻松多了，清清爽爽地亮堂了。这时，我和副班长都有个疑问需要解开，便问老人：你这壶里装的什么神水，治好了我们的眼病？她笑笑：说神也神，说不神也平常。明儿我给你俩熬最后一次药水，你们来看看就明白了。

我们看到了，阿妈把一包黑乎乎的好似小动物的东西倒入壶中熬起来。我们无论如何没有想到这小动物竟然是蚊子的脑袋。阿妈指着屋梁上一个燕子窝絮絮叨叨地说起来：蚊子是叮人肉吸人血的害人精，可是它却是燕子喂养雏燕的绝好食物。每天燕子爸爸和妈妈都会捉来数十只蚊子才能喂饱雏燕。小燕不食蚊子的脑袋，燕子爸妈便用嘴将其脑袋剥掉，放在燕窝一角。天长日久就积成了堆，风干、变硬，这是上好的药材，能消肿，明目。阿妈说，这是从阿爸的阿爸手里传承下来的秘方，至今不失传。我们听得入神，大长见识。

世间有多少奇事，如果你不是亲身经历体验，别人说破嘴皮你也不会相信。有时候你看到的光明不是真正的光明，你看到的死亡也不是真正的死亡。它们隐匿了，以一种容易蒙蔽你的形式迷惑你。当你举起拍子欲将疾恶如仇的蚊子置于死地时，想没想到蚊子的脑袋可以为人类解除眼疾？没有想到就先别鲁莽行动，要弃之其害，取之其益。我会永远记住那位藏族阿妈，正是她使我从臭名昭著的蚊子身上发掘出了亮点，让我明白了早就该明白却一直糊涂着的道理。

第四辑 雪里红梅